『ショップ』スキルさえあれば、
ダンジョン化した世界でも楽勝だ 2
～迫害された少年の最強ざまぁライフ～
十本スイ
Illustration
夜ノみつき
JN018959

坊地日呂（ぼうちひろ）
円条ユーリ（えんじょうユーリ）
因縁が
交差する――！

大鷹蓮司
グスタフ鷲山
男達の思惑と

「……とまぁ、家に来たはいいが……何を作るかな」
俺はキッチンで、まるで雛鳥のような顔で立ち尽くしている
二人の少女たちを見やる。
クークラ
「……………甘いパン」

ソル
「ハイハイハーイです！
ソルはマッシュポテトがいいのですっ！」

「――仇を討ちたいか？」
不意にワタシに向けて言葉が発せられた。
思わず「エ？」と見上げたその先には、
ジッと真剣な眼差しをした
円条ユーリがいた。

「このまま朽ちるか。
それとも……こんな理不尽を
ぶち壊したいか、選ぶのはお前だ」

CONTENTS

"SHOPSKILL" sae areba

Dungeon ka sita

sekaidemo rakusyou da

ダッシュエックス文庫

『ショップ』スキルさえあれば、ダンジョン化した世界でも楽勝だ2
～迫害された少年の最強ざまぁライフ～

十本スイ

CHARACTER

坊地日呂(ぼうちひろ)

スキル『ショップ』を手にした高校二年生。
ダンジョン化していく世界を、
知恵とスキルで生き抜こうとしている。
他人を信用していないが、情のある少年。

ソル

日呂が『ショップ』で購入した使い魔。
もふもふで、日呂によく懐いている。
好物はマッシュポテト。火も噴ける。
変身薬によって人の姿になることも。

クークラ

日呂とソルが、避難所で出会った少女。
不思議な雰囲気を纏っている。

十時恋音（とときこいね）

日呂の同級生だった少女。

王坂のせいで孤立していた日呂を心配していたが、何もできない自分を責めていた。

妹の窮地を日呂に救われ、感謝している。

十時まひな（とときまひな）

素直であどけない、恋音の妹。

避難していた公民館が王坂たちに占拠され、人質にされていたが、日呂によって救われた。

王坂藍人（おうさかあいと）

日呂を目の敵にして暴力を振るっていた少年。

世界がダンジョン化して以降も暴虐の限りを尽くしていたが、日呂の手で地獄へ落とされた。

CHARACTER

鳥本健太郎（とりもとけんたろう）

日呂が変身薬によって変身した姿の一人。
再生師を名乗り、『ショップ』で購入した
高額アイテムを再生薬と称して用い、
足が不自由だった環奈を治療した。

福沢丈一郎（ふくざわじょういちろう）

『白ひげ先生』と呼ばれて慕われる医師。
足の不自由な愛娘・環奈の治療方法を
探す中で鳥本と出会い、
良好な関係を築いている。

福沢環奈（ふくざわかんな）

丈一郎の娘で、天真爛漫な女の子。
事故で足が不自由だったが鳥本によって
治療され、以後鳥本のことを慕っている。
ソルのことが大好きで、隙あらばモフる。

円条(えんじょう)ユーリ

日呂が変身薬によって変身した姿の一人。
『ショップ』で購入した武器を売り捌く、
怪しげで道化のような振る舞いの武器商人。

大鷹蓮司(おおたかれんじ)

武装集団『平和の使徒』のリーダー。
有志の市民で結成された集団を
統率している。
元傭兵で良識と頼りがいのある男。

グスタフ鷲山(わしやま)

慈善事業を営む『祝福の羽』の社長。
ダンジョン化によって孤児となった
子どもを引き取り、養育している。

プロローグ

"SHOPSKILL"
sae areba
Dungeon ka sita
sekaidemo
rakusyou da

「いやぁ、海馬さん！　今回も素晴らしい食材で、本当に感謝してるよ！」

そう言いながら笑顔を見せる石橋家の旦那さん。

現在俺――坊地日呂は、訪問販売員としての海馬光一を演じ、資金を地道に増やしていた。

無論販売している商品は、すべて俺の《ショップ》スキルを利用し購入したものばかり。

では、スキルとは何ぞや。

それはまるでゲームやアニメに出てくる不可思議な能力のこと。当然現実世界に存在するようなモノではない。

ただ振り返ると、まだ一ヶ月ほどしか経っていないが、ある日突然、この地球に信じられない現象が起きた。

この世界の建物や特定の場所で、次々に〝ダンジョン化〟という現象が起き、異形の怪物――モンスターが出現したのである
その最中、俺は特別な能力――《ショップ》スキルが自分に宿っていることを知った。これ

はネットショッピングのようなシステムを有し、金さえあればどんなものでも購入できる力を持っていたのだ。

しかも《ショップ》は地球上の物だけでなく、履くだけで足が速くなる靴や、覗き込めば建物の透視やモンスターの情報が可視化できる単眼鏡といったファンタジーアイテムまで手に入れることが可能なのである。

俺はこの力を利用し、無法地帯となりつつあるこの世界で金を集め、その都度、必要な商品を購入することで生き抜いてきた。

《変身薬》というアイテムを使って姿を変え、時には訪問販売員として、時には『再生師』という肩書きを持つ謎の青年として、金儲けに勤しんでいるのだ。

福沢家の一件——事故で下半身麻痺を患った末娘である福沢環奈を、どんな傷も一瞬で治療できる《エリクシル・ミニ》を使って回復させ、その対価として莫大な報酬金を得た。

しかしまだまだ足りない。今はまだ建物や一定のエリア（山や公園など）しかダンジョン化していないが、いずれは広範囲でのダンジョン化が起こるかもしれない

さらにはダンジョンからモンスターが出てくるようになる可能性だってある。

そうなれば世界はもっと荒れる。そうなった時に、少しでも対処できるように金は必要になってくる。

だからもっともっと増やすためにも、僅かな利益ではあるが、訪問販売のような地道な努力

が必要なのだ。

「いえ、こちらこそ良い商売ができていますので感謝していますよ」

「そんな、あなたのお蔭で我々は、わざわざ危険な外へ出なくとも、こうして食材や雑貨などを補うことができている。あなたはまさに私たちのライフラインそのものだ」

モンスターたちは人間を襲う存在で、人間よりも圧倒的な力を有している。

ダンジョン化した建物から、モンスターが出てくる事例は、先程も言ったように今はまだ確認されていないが、近いうちにそうなる危険性だってありえる。だからこそ、おいそれと外出などができなくなっているのだ。

水道、ガス、電気といったインフラ整備も停止し、人々は自給自足を余儀なくされている状態だ。

その中で俺という存在は、力を持たない人間たちにとっては幸運そのものだろう。何せ自宅にい続けながら、食料の心配をしなくても済むのだから。

「隣の相田さんも、海馬さんにとても感謝しておったよ。君はまさにこの街の救世主だよね」

「はは、先程も申し上げましたが、あくまでも商売ですから。ちゃんとした利益に基づいているからこそ、こちらも相応のものを差し出せているのです」

「そう……だね」

するとそこで笑顔を崩し、旦那さんは険しい顔つきを浮かべる。

「確かに今はまだ、あなたに支払うべきものがあるからいいが、それがなくなった時のことを考えると……怖くなるよ」

そう、これは慈善事業じゃない。もし俺に金を支払えなくなったら、そこで縁は切れてしまう。それを彼も重々承知だろう。

「そうですね。しかしそれは自分としても同様です。商品だっていずれ底をついてしまうやもしれません。私とて無限に食料を生み出せるわけではありませんから」

まあ実際は、金さえあれば無限に生み出せちゃうんだなぁ、これが。

俺の手首には《パーフェクトリング》というものが嵌められている。これは身に着けるだけで、身体能力を大幅に上げてくれる優れものだ。外にも様々なアイテムを所持している。

そのお蔭で、俺はモンスターとも戦うことができるし、一般人よりも遥かにこの世界を生き抜けるという自負がある。

「それではまた、一週間後にこちらへ訪ねさせて頂きますね」

客観的に見たら、きっと寒気がするであろう営業スマイルを浮かべて、俺は石橋家を去った。

第一章 ≫ 死の武器商人

"SHOPSKILL" sae areba Dungeon ka sita sekaidemo rakusyou da

石橋(いしばし)家から離れた俺は、誰もいない脇道へと入った。そこで懐(ふところ)から《変身薬》を取り出し、服用する。

すると俺の姿が、ナイスミドルのおっさんから、少し翳(かげ)りのある長身イケメンへと早変わりした。これが『再生師』――鳥本健太郎(とりもとけんたろう)の姿である。

そしてそのまま石橋家の向かい側にある屋敷へと近づいていく。

門ではなく、裏側にある扉のロックを外し、中へと入っていく。ちなみに鍵(かぎ)は、家主からもらっているので犯罪ではない。

何せここしばらく、この屋敷――福沢(ふくざわ)家で世話になっているのだから。

「おかえりー、鳥本さーん！」

家の中に入ると、嬉々とした表情で俺に飛びついてきた少女がいた。

「おっと、いきなり飛びついたら危ないじゃないか、環奈(かんな)ちゃん」

「えへへ～、ごめんなさーい」

この子こそ福沢家の末っ子の環奈。

少し前まで下半身麻痺に悩まされ、心から笑えずにいた十四歳の女の子だ。

彼女の父親である丈一郎さんは、彼女を治すために日々奮闘していたが、現代の医学ではどう足掻いても治療の目途は立たなかった。

しかしそこへ俺というイレギュラーが現れ、ファンタジーアイテムを使って環奈を治療し治したのである。

そこからの繋がりで、俺はこの福沢家の一室を借りて住まわせてもらっているのだ。

自宅で過ごすより金がかからないので、こちらとしては満足のいく生活をしている。

「ねえねえ、今日はどこ行ってたの？」

よく見れば、彼女の傍には可愛らしい犬がいる。この家で飼っていて、名前は風太だ。

「少し外を散歩してたんだ。環奈ちゃんは？」

「私は庭でサッカーの練習してたよー！」

彼女の夢はプロのサッカー選手。実際ボールの扱いは凄く上手く、サッカーの知識も豊富だ。

世界がこんな状態になっていなければ、もしかしたら本当にプロになれたかもしれない。いや、可能性としては限りなく低いが、将来、モンスターがいなくなることだって考えられる。

そうなれば世界は復興し始め、また以前のような平和が訪れるだろう。その時のために、環奈は今も夢を諦めていないようだ。

ただ最近、もう一つの夢を見つけたらしい。

何でも丈一郎さんのような立派な医者になる進路も考えているらしい。現代の赤ひげ先生とも呼ばれる偉大な父の背中を見て、強い憧れを抱いたのかもしれない。

「あ、ソルちゃんは？　先生、一緒じゃないの？」

ソルとは俺が〝ＳＨＯＰ〟で購入した『使い魔』である。

当然ただの動物じゃなく、ソニックオウルというモンスターだ。その実力は確実に人間よりも上で、俺ですら太刀打ちできないほどに強い。

見た目は可愛い小さなフクロウで、環奈はソルのことをとても大切にしてくれている。

「多分また一人で空の散歩だろうなぁ」

「そっかぁ。自由だもんねぇ、ソルちゃん」

実際は周囲の探索だ。

最近ではどんどん建物のダンジョン化が増してきている。

ここは高級住宅街ということもあって、もしダンジョン化した時は、それに便乗して人助けをし、その対価として金を要求するつもりだ。

ゲスいと言われるかもしれないが、こんな世の中なのである。生き抜くためにはどんな状況すら利用してやるつもりだ。

どうせ誰にどう思われようが、俺はまったく気にしないのだから。

「福沢先生は、今日も病院かい？」

「うん！　夕方には帰ってくるって言ってたよ？」

現在午後四時だ。ならもうすぐ仕事を終えて帰ってくるかもしれない。

「ねえ鳥本さん！　ちょっとサッカーの練習に付き合ってもらってもいい？」

正直いって面倒だが……世話になっている以上は無下にはできまい。

俺は「いいよ」と返事をして、二人で庭へと出て、しばらくボールを蹴っていた。

そうして午後六時になると、家主である丈一郎さんが帰ってきたので、皆で夕食をとった。

「それにしてもこの肉は、いつ食べても美味いもんだなぁ」

丈一郎さんが頬を緩ませながら、フォークに突き刺したローストビーフを見つめている。

「ええ、例の訪問販売の方から売って頂いたお肉はどれも絶品ですね」

丈一郎さんの奥さんである美奈子さんも満足気に頷いている。

もちろん二人の会話の中に出てくる人物は俺だ。石橋家から始まり、海馬の名も徐々にこの街中へと広まっていった。

そして最近、福沢家にも海馬として食材を売っているのだ。

まさか俺が、その海馬だと知る由もないだろう。

「しかし奇特な方もいるもんだな。このご時世に食材を売り回っているとは」

世界が変貌してからすでに一ヶ月が経っていた。

当初は機能していた店なども、モンスターや暴徒などが怖くてほとんどが閉めてしまったのである。

また貨幣(かへい)価値もゼロに近づき、今では金銀財宝よりも食料の方が価値を高めているのだ。

すべての者たちが、明日を生きるために食料探しに翻弄(ほんろう)する。

コンビニやデパートを襲撃し、問答無用で食料などを奪い去っていく。

中には人の家にまで強盗に押し入るという者も出ている。

本来なら警察が動くべき事件ではあるが、彼らはそれどころではない。

何せ全国各地で建物がダンジョン化しているのだ。その対応に追われていて、たかが強盗に人員を割いている余裕がないのである。ヘリコプターやパトカーなども絶え間なく出動しているようだ。

まさに現在、日本は完全な無法地帯となりつつあり、いや、もうすでになっているかもしれない。だから皆が戦々恐々として日々を生きている。

そんな中、最も価値の高い食材を売り捌(さば)いている者など普通は存在しえない。生きるために自分の懐に溜めておけばいいのだから。

しかし海馬という人間は、そんな貴重な食材を、たとえ商売だとしても他人に売っている事実から、ここらでは小さなヒーロー扱いである。

「だが彼が持ってくる食材はどれも新鮮で、味わったことのないほど濃厚な旨(うま)みを持つ。特にこの肉など……一体どこで手に入れているのか……」

もちろん〝ＳＨＯＰ〟でですが？

ただ肉に関しては、モンスター肉なども含まれる。

これは俺だけにしか得られない能力だろうが、モンスターを倒すと、そのモンスターの肉や骨などの部位が手に入るのだ。

彼らに売っているのは、ほとんどが《オークの肉》なのだが、これがまた普通の豚肉よりもランクが上なのか、とても美味いのである。

その他にもファンタジー食材を〝ＳＨＯＰ〟で購入し、高値で彼らに売り捌いていた。

高級住宅街の人たちは、金払いも良く、もう俺にとっては天国のような場所だ。

もう懐はポカポカどころか熱いくらい。

ただここに永住するつもりはない。幾つか拠点を設けて、そこらを主軸にして商売をして回ろうと思っている。

そろそろ別の拠点を作りに福沢家を離れても良いかと考えているのだが……。

……うん、ここマジで居心地が良いんだよなぁ。

何せ金がかからん。あれ？　これさっきも言ったっけ？　でもマジでこれが一番なんだよなぁ。

今でも山奥に出向いてひっそりと暮らせるだけの資金と能力はある。

だがモンスターを相手にするとなると、まだ心許ない。

対抗する手段も購入することができるが、当然相応の値段はする。

モンスターには強さに応じてランクが存在するが、最低は〝F〟だ。ちなみにスライムやゴブリンなどがそれに相当する。

以前、Cランクと戦闘し討伐した時に使用した武器がある。

それは《爆裂銃》という代物なのだが、これ一丁で1500万円もするのだ。

弾は自動生成してくれるし、威力は申し分ないのだが、連発はできない上、近過ぎると爆発の影響を撃った方も受けてしまうという欠点がある。

それに恐らくは、Bランク以上のモンスターを倒すことは難しい。

それだけ1ランクの差はかなり大きいのである。

つまりBランク以上のモンスターを倒すには、もっと強力な武器が必要になるというわけ。

だがこれが異常なまでに高い。

一応Bランクのモンスターにも、攻撃が通じる《ウォーダイナマイト》というものがあるのだが、これは一回使い切りのくせに2000万円もするのだ。

理解できただろうか。とにかく高ランクのモンスターと遭遇し、無事生還するには金がいくらあっても足りないというわけである。

それこそAランクやSランクのモンスターと遭遇してしまえば、一億や二億では生き残ることはできない。

そのために俺は、地道な金稼ぎを毎日毎日行っている。

まあ、逃げるだけなら今の状態でも何とかできるとは思うが。

それでもやはり少しでも生存率を上げるために、俺は努力を怠りはしないのである。

夕食が終わり自室のベッドで横たわっていると、半分ほど開け放たれた窓から小さな影が部屋の中へと入ってきて、スッと音もなく俺の傍に降り立つ。

「――ご主人」

「!? ……ソルか。いやまあ……ビックリしたわ」

「す、すみませんですぅ！」

フクロウはただでさえ羽音がしない。このソルに至っては、超高速飛行をしても音がしないので、まったく気配が分からないのである。

空気の微かな動きで捉えられるような修行なんて受けてないしな。

「何か収穫はあったか？」

「はいなのです。実はここから東に二キロほどの地点におきまして、五つの建物が一斉にダンジョン化しましたです」

「五つ？　一斉に？」

「その通りなのです。観察していたところ、ほぼ同時に」

「同時に……かぁ。その速度で世界中に広がっていくとなると、そう遠くないうちにすべての建物やフィールドがダンジョン化してしまうかもな」

そうなれば一気にこの世界は、まさしくRPGそのものになってしまう。レベルシステムは人間にはないけど。

「あるいは世界そのものをダンジョン化させるのが目的……とか？」

一体誰の仕業か、ただの災害なのか、それは定かではないが、今後人間が淘汰されていく速度は急速に早まっていくことだろう。

「ご主人、そのダンジョン化した建物なのですけどぉ……」

「ん？　まだ報告があったのか？」

「はいなのです。実はですね、人間の集団によってどうも攻略されたようなのです」

「！　……どういうことだ？」

思わず跳ね起きてしまう。

「人間の集団？　自衛隊や警察じゃないんだな？」

ソルはそれらの組織について知っているので、わざわざ人間の集団とは口にしないはず。

「武装した人間の集団なのです。警察などの国家組織とは別だと思いますです」

「ふむ……興味深いな。つまり一般人も大人しくしているつもりはないってことか」

ソル曰く、自衛隊のような訓練された連携などはなく、集団としての力も、個人としての力もお粗末。

しかしながらそれを数で補って、ダンジョンに押し入りコアを破壊して攻略したのだという。

ダンジョンにはコアというものが存在し、ソレを破壊しなければダンジョン化は解けない。

逆にいえば、コアさえ破壊すれば、そこに棲息するモンスターを倒さなくても一掃することができるのだ。

「コアを破壊すれば攻略できることを知ってる集団ってことか」

「そのようなのです。そして集団を指揮している人物がいたのです」

「まあそういう奴がいるのは当然か。どんな奴だ?」

「四十代ほどの男性でしたです」

指揮するだけじゃなく、そいつは自ら前線に立ちモンスターを討伐していたのだという。

そして特にその男は動きに無駄がなく、所持していた銃やナイフなどを慣れた手つきで駆使していた。つまり武器などを使用した戦い方を熟知しているということ。

警察や自衛隊関係者という可能性が強いか……。

「銃……か。まあ今の世の中、銃を手に入れようと思えばそう難しくねえだろうしな」

あの王坂だって持っていたのだ。手に入れる手段は幾らでもあるだろう。

王坂藍人(あいと)。俺が学校に通っていた時の絶対的権力者。教師も逆らうことができない理事長の孫で、そいつに逆らった俺は学校中の奴らから見放された。

友達だった奴も、クラスメイトも、全員が俺の敵になったのだ。

そのせいで俺は人間に期待することを止めた。こんな世界になって良かったのは、もう学校で奴らと関係を持たなくて良くなったことだろう。

しかしある日、王坂と遭遇してしまい、その際、俺は奴の命を奪うことになったのである。

「その指揮官の男は、どうやら仲間を募(つの)って次々とダンジョンを攻略していっているようなのです」

「なるほどな。つまり臆病な人間たちにとっちゃ、その男はまさに勇者そのものってわけだ」

ただ聞くところによると、銃を持っている仲間も結構いるとのことだが、それだけじゃそのうち行き詰まるだろう。

精々(せいぜい)FランクやEランクのモンスター相手だけに通じる戦法だ。

自衛隊ですらDランク以上のモンスター相手には手を焼いているのに、素人(しろうと)集団が勝てる相手じゃない。少なくとも今の戦力では、だが。

今回、ダンジョン化した建物は、どれも小規模なもの。下級ダンジョンと呼ぶが、だからこそモンスターも弱い。

奴らが中級以上のダンジョンに挑む時、果たしてその理不尽さに打ちのめされないか……それが今後、戦っていけるかいけないかの分岐点となるだろう。

「……武器、か」

「ご主人？」

「いや、そういう武装勢力に武器とかを売って儲けるのはアリかもってな」

「あ、なるほどなのです！」

「今度は『死の武器商人』とでも名乗るか？　はは、けどこの商売は結構リスクが高えかもな」

一般市民もそうだが、武装勢力にとって武器の保持は何よりも大事だ。それが命綱になるのだから。

仮に便利な武器商人がいたとして、馬鹿正直に交渉などしてくれるだろうか。

金なんて用意できそうもない相手だったら、まず力ずくで脅してくるはず。

死にたくなけりゃ、武器を全部寄越せ……と。

こういうパターンになる可能性が非常に高い。武装勢力が金持ち集団ならともかく、一般人が集まって徒党を組んでる連中相手には、なかなか真正面から出向くわけにはいかないかもしれない。

こういう時、ネットがあればマジで助かるんだが。顔を合わせずにやり取りできるし……。

あるいは俺自身が赴いたとしても、できる限り安全を確保できるアイテムがあればいいが。

「そういやそういうアイテムもあったか？」

俺は〝ＳＨＯＰ〟に入り、俺の考えに合った代物を検索し始める。

「お、これは良いな――《スイッチドール》。指定した対象物に模倣することができる。そして模倣した対象物と瞬時に入れ替わることも可能か」

つまり俺に模倣させれば、俺が危うい時に身代わりとして交代させ、危機を脱することができるというわけだ。

ただし当然見た目がそっくりなだけで、自動で動くような便利な機能があるわけではない。あくまで、俺そっくりのマネキンが出来上がるだけだ。

また無制限に使用できるというわけではなく、交代できるのはたった一度だけ。範囲も人形を中心として半径百メートル圏内だ。

少し窮屈な能力ではあるが、使いようによっては十分強い味方になる。

「一体50万円か……段々金銭感覚が麻痺してくるな」

これでちょっと安いなって思ってしまうんだからな。

俺は数体ほど購入しておき、一体だけを取り出し、残りは《ボックス》に入れておく。

「へぇ、こんな感じなのか。粘土人形みたいだな」

人型をした粘土の人形そのもの。そこに何でも良いので、対象物の一部を埋め込むことで、対象を模倣した存在へと姿を変える。

俺はとりあえず髪の毛を千切って、人形の中に埋め込んだ。

するとグネグネとひとりでに人形が動き始め、徐々に巨大化して俺と同じくらいの体格になった。

そしてまるで鏡でも見ているかのように、俺そっくりの人物へと変貌したのである。

「おお〜、こりゃすげえなぁ。触感も人間と変わらんぞ」

本物の人間としか思えないほど精巧な出来である。

コイツを利用すれば、たとえリスクのある商売をしても、最悪瞬時に交代して離脱することができる。

商品の中には、もっと安全面を考慮できるものもあるが、今の資金では購入できない。いずれはこれを購入し、さらに商売の幅を広げるつもりだが。

「よし、あとは元に戻すだけだが……」

背の部分に黒い痣のようなものがあり、これを三秒ほど押し続ければ、元の人形に戻るのだ。

実際にやってみてちゃんと戻ったので、人形を《ボックス》へと収納しておく。

「ご主人、では明日からさっそく例の集団とコンタクトを？」

「いいや、まずは情報収集だな。奴らの動きをトレースする」

「なるほどです。さすがはご主人、抜かりはないというわけなのですね！　そしてすべての準備が整ったあとは……」

「ああ、『死の武器商人』——活動開始だ」

※

本当にこの世はこれからどうなっていってしまうのか。

俺——大鷹蓮司は、そのことを考えるだけで憂鬱になってしまう。

ほんの一ヶ月ほど前は、あんなにも子供たちの笑顔が溢れる平和な街並みが広がっていたというのに。

せっかく戦場から脱出し、安全な日本で子供たちを導く小学校の教師として再出発していたのだが、まさかこんな災厄に見舞われるなんて誰が思うだろう。

俺にはしょせん戦場でしか生きていけないという神からの啓示とでもいうのか。

「……はぁ」

「ボス？」

無意識に出た溜息を聞いて、仲間の一人が心配になったのか、俺の顔を見てきた。

「何でもねえさ。それよりもてめえら、今日も気を引き締めていけよ！」

俺の……いや、俺たちの目前には、一つの建物がある。五十坪くらいの一軒家だ。

仲間からの情報で、ここがダンジョン化してモンスターが出現していることは分かっている。

「いいか？　決して単独行動はするな。常にコンビで動き、互いにカバーできる間合いを取れ」

「「「イエッサーッ！」」」

連れてきた六人の仲間たちが一斉に返事をした。

全員、元はサラリーマンだったり、商店を営む自営業者だったり、ちょっと前までは普通のくらしをしていた一般人だ。

それが今では軍服を着て、手に武器を持ったソルジャーと化してしまっている。

ああ、本当に嘆かわしい時代が来たものだ。

しかしこうでもしなければ、人間がどんどん住処を追われ殺されていってしまう。いずれ俺や俺の家族もまた犠牲になるだろう。

それだけは許容できない。守るべき存在がいる以上は、俺はこの身を兵器と化して戦うしかないのである。

そう、たとえ元傭兵という胸を張って言えない職業をしていた過去に培った経験を、最大限利用してでも。

しょせんは人殺しの技術。子供たちにはこんな姿、決して見せたくはない。

だが怯えられようが、避けられようが、この行為を止めるわけにはいかないのだ。必ずまた訪れるであろう平和を信じて――。

「よしっ、突入！」

俺の経験を活かし、仲間たちを募って武器の扱いなどを教えてきた。

まだ拙いものの、弱いモンスター相手なら問題なく処理できるくらいにまで成長してくれたのである。

しかしこれでも油断や罠などにハマり、傷ついたりする者はいる。

俺がやるべきことは、できるだけ無傷で仲間たちを家族の元へ返すこと。

そのためには俺が率先して前線に立ち、攻略する必要がある。

俺は玄関口の前に立って銃を構えると、仲間の一人が扉に手をかけ――開く。

「モンスターなし、クリア」

次いで俺が先に玄関へと入っていき、あとから仲間たちが続く。

辿り着いたのは障子に閉ざされた部屋だが……。

……おかしい、モンスターの気配がない？

仲間とアイコンタクトをして、先程と同様に銃を構えたまま障子を開かせた。

「……ク、クリア」

やはり部屋には誰もいなかった。

庭にもモンスターの気配はなく、一階フロアを虱潰しに探したが、やはり何も発見できなかったのである。

「どういうことでしょう、ボス？」

仲間の一人も、おかしさに気づいて尋ねてきた。

今までのダンジョンならば、一階に何かしらのモンスターは必ずいたのだ。

それなのに現状、モンスターの気配すらないのは明らかに不自然。

それに事前調査では、間違いなく一階にモンスターの存在を確認している。

異常事態？　一旦退避するか？　いや、しかし危険な感じはしない。

これも傭兵時代に培ったものだ。危険が傍にあれば、肌がピリピリとひりつく。それを感じないのである。

「……とりあえず油断はするな。このまま二階へと上がる！」

そこにダンジョンの要である〝光る石〟があるはずだ。それを壊せば、二度とモンスターが現れないことは分かっていた。あくまでも今までの統計的にではあるが。

周囲を警戒し、罠にかからないようにゆっくりと二階へと上がっていく。

扉は三つあるようだが、まるで誘うように一つの扉だけが開いている。

やはりこのフロアにもモンスターの気配がしない……か。

俺は、開け放たれた扉にそっと近づき、タイミングを見計らって素早く中に入り銃を構えた。

そして銃口の先に見つけた存在にギョッとしてしまう。

「おやおや、遅いお着きで。ずいぶんと待たされてしまいましたよ」

そこには、悠々とソファに座って紅茶を堪能している人間がいたのである。

※

現在俺は、例の武装勢力数人と、たった一人で相対していた。ただし坊地日呂としてではなく、謎の銀髪青年として。

場所は一軒家の二階、その一室。

そこで俺と武装勢力が対面しているような形だ。

よし、これで第一コンタクトは完了だな。

今回、俺が新たに扮した役者で『死の武器商人』――円条ユーリ。女みたいな名前だが、一応男でロシア人の血を引くハーフという設定だ。

「お、お前は何者だ？　何故ここにいる！」

俺と対峙している男性が、銃を突きつけながら聞き出そうとしてくる。見るからに集団のリーダーっぽい奴だ。

事前に武装勢力を調べさせておいたソルから、聞いていた外見とも一致するので間違いないだろう。周りからはボスと呼ばれているらしい。

ガタイが良く、戦う男というイメージに当てはまるような見た目だ。そこにいるだけで迫力もあり普段ならあまり近づきたくはない人種かもしれない。

「アハハ、何をそんなに警戒しているのか分かりませんが、ほら……僕に敵対意思はありませんよ」

おちゃらけた感じで言う。ちょっとキャラを作り過ぎた気もするが……まあいいか。

「答えろ！　お前がここのダンジョンを攻略したのか！」

「ええ、その通りです。僕がダンジョンコアを破壊させて頂きました」

「ダンジョン……コア？」

「あれれ？　ご存じない？　クリスタルのような石のことですが」

「！　ああ、〝光る石〟のことか……なるほど、ダンジョンコアってのか」

どうやら名前を知らなかったようだ。

「もう一つ聞く」

「ええ、どうぞどうぞ。答えられる質問ならば答えましょう」

「……お前一人でモンスターを倒しながらコア……を破壊したのか？」

「プラーヴィリナ！　その通りです！」

「……？　ロシア人、なのか？」

へぇ、ロシア語も通じるらしい。

「ハーフですよ。父がロシア人で、母が日本人。おっと、そういえば自己紹介がまだでしたね！　僕の名前は円条ユーリと申します。以後お見知りおきを」

「ずいぶんと砕(くだ)けた奴だな。そのロシア系ハーフさんが、こんなところで何を？　俺たちを待ってたみてえなことを言ってたが？」

「ええ、ええ、待ってたんですよ」

「？　……何が目的だ？」

一層警戒が増す。まあキャラがキャラだしな。怪しさ爆発で疑ってしまうのも無理もない。しかしまあこれでいい。俺は別に仲良しこよしをしたいわけじゃない。

利害関係を結びたいだけで、そのためには少しくらい警戒してくれていた方が何かと都合が良かったりもする。変な情などが絡むと商売の邪魔になってしまう。

「その前に僕の職業をお教えしましょうか」

「職業……だと？」

「はい。改めまして、僕は円条ユーリ――しがない武器商人です」

「武器……商人？」

「あれれ、ご存じありませんか？　武器商人とは武器を売って――」

「そんなことは知ってる。お前が武器商人というのが信用できねえって言ってんだ」

「これはこれは、辛辣(しんらつ)なお言葉ですね。ではどうしたら信用してもらえるので？」

「……仮にそうだったとして、それを証明することはできんのか？」

これは少し食いついてきたか。信用できないといっても、武器というワードを出せば興味が出てくるのは当然。

何故なら彼らは『戦う者』だから。そのために武器の存在は絶対欠かせない。

「そうですね……ではそこの箪笥（たんす）の中を開けてみてください」

「箪笥？」

俺が指を差した方角に、結構大きな箪笥が隅に置かれている。

リーダーの仲間が箪笥に手を掛けようとするが、

「待て！　迂闊（うかつ）に触るんじゃねえ！」

リーダーが仲間に対して怒鳴った。仲間もビクッとして身体（からだ）を硬直させてしまう。

「嫌ですね、罠なんて張ってませんよ。大体もし誰かに何かあったら、速攻あなたたちに殺されるでしょ、僕が」

不敵な笑みを崩さずに俺は発言する。

しばらく逡巡（しゅんじゅん）する様子を見せていたリーダーだが、「俺が確認する」と言って箪笥に近づく。

その間、仲間たちは俺の動きに注目し銃口を向けている。

そしてリーダーが恐る恐る銃で触れたりしながら様子を見て、静かに取っ手に手を掛けた。

ゆっくりと引き出しを開けて、その中身を見てギョッとする。

「こ、これは⁉」

「どうかしたんですかボス！」

リーダーの驚きに、仲間たちが一様に案ずるように全員が俺から視線を外す。

おいおい、俺から視線を外してどうする。ここらへんが素人集団だな。

モニターを見ながら溜息が漏れ出る。

「《デザートイーグル》に《S&W　M500》、それに《カラシニコフ》に《F2000》まで……他にも手榴弾にスコープまでこんなに……！」

「うおっ、すげ！　俺たちが持ってる武器よりも凄そうなヤツばっかじゃないっすか!?」

リーダーの言葉に、他の仲間たちも引き出しそれぞれに入っている武器を見てテンションを上げている。

だが一際冷静なのは、やはりリーダーであり、俺に険しい顔を向けてきた。

「……どこでこれだけの武器を？」

「言ったじゃないですか。僕はしがない武器商人だと。そこにあるのは、あくまでも僕が所持するコレクションの一部ですよ」

「こ、これで一部!?　コ、コイツ、何者なんだよ！」

仲間の一人が、俺を珍獣でも見るような眼差しで声を上げた。

「武器商人……そういえば俺たちを待ってたって言ってやがったな。つまりは……」

「ええ、ご入り用でしょう？」

「…………」

俺とリーダーは目を逸らさず見つめ合う。リーダーは恐らく、俺が何か企んでいるのではと考察しているのだろう。

しかし彼らにとって、強力な武器を手にできるチャンスでもある。

怪しさを天秤にかけても、この商談に乗るべきかどうか悩んでいる顔だ。

「ボ、ボス、コイツを脅して武器を手に入れた方が早くないですか！」

そう言いながら、仲間の一人が俺に向かって銃を突きつけ近づいてくる。

まあこういう考えをする輩も出てくるだろう。一応天井裏にソルを待機させてある。相手側に本気の殺意を感じた時には、形振り構わず助けに出てきてもらうつもりだ。

「待て。言っただろうが。俺らはあくまでも人間として守るべきもののために戦ってるんだ。罪もねえ人間を殺めるような外道に落ちて何が守れんだ」

「で、でもボス……」

「コイツが根っからの悪党ならまだしも、俺らは何かされたか？」

そう言われて反論できないのか、全員が押し黙ってしまう。

「……一つ聞く、円条……って言ったか？」

「はい。何でしょうか？」

「何故俺らに武器を売る？」

「商人がやることは単純でしょう。それが利益になるからですよ」

「利益……食料か？」

やはり今の世の中は、第一にそれが見返りになるのか。

「いえいえ、あいにく食料に困ってるわけじゃありませんので」

「なら何を望む？　まさかプレゼント……ってわけじゃねえよな？」

「もちろんですよ。僕が望むのは——金銀財宝。とっても分かりやすいでしょう？」

「！　……何でだ？　この世の中で、金目の物なんて何の価値もないだろ？」

「そうとは限りませんよ。知ってますか？　最近食料を売り捌いてる訪問販売員がいると」

「……！　そうなのか？　誰か知ってるか？」

「あ、そういえばボス、俺聞いたことあります。何でもここから少し離れた高級住宅街に現れた訪問販売員が、金目の物と引き換えに食材とか日用品とか売ってるとか」

「そんな奴が今の時代にいるのか？」

「ええ、いますよ。実際に僕は取引をしてますから」

リーダーの疑問に円条が間もなく答えた。

「だから金目のものさえあれば、食材を手に入れることができます。他にも奇特な人がいて、薬品などを売ってる人もいますよ。この人も同じように金を対価としています。ですから僕もまた金目の物を求めるんですよ。その者たちと交渉するために、ね」

「…………なるほど」

どうやら一理あると納得してもらえたようだ。

俺はこの作戦を執る前に、ここら周辺に情報を流しておいた。鳥本と海馬のしていることを、だ。そうすればこの男たちの耳にも入るだろうと思って。案の定、仲間の一人が噂を聞いていたようで説得力が増した。

「さて、それでどうします？　僕から武器を買って頂けますか？」

「……金目の物ならば何でもいいのか？」

「無論商品に見合うほどのものならば、ですが」

「……武器はここにあるだけか？」

「ハハハ、武器商人を舐めてもらっては困ります。言われたものを、言われた分だけご用意致しましょう。それがどんな武器……兵器でもね」

「！　……なら戦車でも用意できるのか？」

「言ったでしょう？　どんな兵器でも、と」

戦車でも戦闘機でも用意できる。当然それに見合った対価を提示してくれれば、だが。

「今日はお近づきの印に、そちらの武器は差し上げますよ」

「「「おおっ、マジかぁ!?」」」

仲間たちは嬉しいようでガッツポーズしながら、さっそく武器に手をかけている。

ただし銃弾は少ない。これは今後、俺から購入してもらうための保険だ。

「お前ら……ったく」

リーダーは仲間たちの興奮した姿に呆(あき)れているが、どうやら少しずつ円条ユーリへの警戒が解けている模様。良い傾向だ。

「……ありがてえ話だが、マジで良いのか？」

「構いませんよ。今後、長いお付き合いを約束して頂けるなら」

「…………分かった。ならさっそく頼みてえことがあんだけどよ」

「何でしょうか？」

「ちょっと待ってくれ。今紙に欲しいものをリストアップするからよ」

そう言いながら、リーダーが懐(ふところ)からメモ帳のようなものを取り出し、そこに書き込み始めた。

しばらくして、それが俺に手渡される。

「……ほほう、これはまた欲張りですね」

そこには通常手に入りにくい兵器の数々が書かれてあった。しかし確かにそれらがあれば、今後ダンジョン攻略にも十分に通用できる代物(しろもの)だ。

「用意できるか？」

「問題ありませんよ」

「……マジか？　マジで手に入るのか？」

「何度も言わせないでください。どんな兵器だろうが、ご用意してみせますよ。何なら原爆でも欲しいですか？」

当然渡したあとは、この街から去らせてもらうつもりだが。まあさすがに何十億クラスを要求するつもりなので、おいそれと用意できるとは思えないが。

「っ……一体何者だよお前さんは……」

「しがない武器商人ですよ。ところでボス？　さんのお名前をお聞きしても？」

「あ、ああ……俺はコイツらの纏め役をさせてもらってる大鷹蓮司ってもんだ」

大鷹……蓮司？

不意にその響きが記憶の片隅に引っ掛かった。

「あん？　どうかしたか？」

「あ、いえいえ、纏め役……ですか？」

多分気のせいだろう。恐らく初めて聞く名前のはずだから。

「俺らはダンジョンを攻略するために集ったんだよ。一応組織名として『平和の使徒』って名乗ってるけどな」

「…………厨二病ですか？」

「う、うっせえわ！　俺だってこんなハズイ名前は嫌だったんだよ！　けどコイツらのガキがそれが良いって言ったから仕方なく許可しただけだ！」

「えー、ボスも響きが良いって喜んでたじゃないっすか」

「そうそう。てか俺らの子供らと一緒になって考えたのボスじゃん」

「だ、黙れてめえらっ！　それ以上言うとCQCの餌食にしてやっからな！」

　真っ赤な顔で大鷹さんが仲間たちに向かって発言を止めている。

　あーどうやらこの人、思考はガキっぽいんだな。まあ嫌いじゃねえけど。

「おほん！　えーもう一つ、聞いてもいいか円条？」

「どうぞどうぞ」

「何で俺らに接触したんだ？　俺らみてえに、武装したコミュニティは次々と出来上がってる。それなのに何で敢えて俺らを商売相手に選んだ？」

　確かにソルの調べによると、一般人たちがコミュニティを作ってモンスターたちや、以前の王坂たちのような暴徒に対抗しているのは理解している。

　そうでもしないと個人や少数では太刀打ちできず殺されてしまうからだ。そうでなくとも守りたいものを奪われてしまう。

　だからこそ人々は集団を構成し、自分たちの安全を守っているのだ。

「特に理由はありませんよ？」

「は？」

「強いて言うならば、一番近くにいた……からでしょうかね」

「そ、そうなのか？」

「それに僕は商人ですから。金を払ってくれるなら、どんな相手とだって交渉のテーブルには着きます」

「……一人で危険じゃねえか？　さっきのコイツじゃねえが、問答無用でお前から武器を奪おうとする連中だっているはずだ」

「そうですね。いるかもしれません。ですが……」

　俺はそう言いながら自分の服を脱ぐ。

　そしてその下に隠されていたものを見て、その場にいた全員が絶句してしまった。何故なら何本ものダイナマイトが身体に巻かれ、物々しい機械まで身につけられていたのだから。

「この爆弾は、僕の心拍数に応じて発動するようになっています。当然死んだり気絶したりしても、爆弾は瞬時に……ドンッ、です」

「な、なななななっ!?　お、お前は自分の命を何だと思ってやがんだっ！」

　……おお、そういう怒り方をするか。なるほど、この人は思った以上に真面目な人らしい。

　それに先程俺を脅そうとしていた男は、顔を真っ青にしてブルブル震えていた。無理もない。彼のせいでここにいる全員が弾け飛んでいたかもしれないのだから。

「僕は商売に命を懸けています。商品は僕の子供のようなものです。それを理不尽に奪おうというのなら、親として子供と一緒に心中する覚悟くらいありますよ」

不気味に光る円条の瞳。その重過ぎる覚悟に、大鷹さんたちは確実に引いてしまっている。

まあ、もちろんこの爆弾は偽物だけどな。

「……てか、子供っていうなら、売ったりすんじゃゃねえよ」

「おお、ナイスツッコミですね、大鷹さん。これは一本取られてしまいましたよー、ハハハ」

毎度毎度思うが、俺って俳優にでもなれると思うんだよな。

海馬、鳥本、そして円条。いろんな人物を使い分けられているんだから、自分でもちょっと凄いんじゃねって思う。

「けれど僕の商売への覚悟は理解して頂けたかと思います。こんな世の中です。いつ死んでもおかしくない。ならばできるだけ自由に、面白おかしく過ごしたいって思ってるだけです。まあ武器商人も、先代の父から引き継いだだけのものですがね」

「父？　……継いだってことは……」

「ええ、死にました。モンスターに殺されてね」

「それは……すまない」

「いえいえ。ですからモンスターにも恨みは少なからずあるんです。だからこそあなたたちのような武装勢力に武器を売り、多くのモンスターを殺してほしいんですよ。無論僕自身も殺してはいますけどね。この家のように」

はい、まったくもって嘘の情報ですけどね。ただ少しでも円条の行動に理由がつけばいいと思い設定しただけだ。

「それに最近じゃ、強盗集団まで出てくる始末。そういった連中への牽制のためにも、あなたたちみたいな正義の集団が力を持っていてほしいんですよ」

実はソルの情報によると、王坂が組織していたような暴徒たちもまた増えてきている。

問答無用で住宅を襲撃し、食料だけでなく女性なども攫っていく馬鹿どもの集まりだ。子供も簡単に殺すような血も涙もない連中なので、さっさと駆逐されてほしい。

放置していては、いずれ俺の周りにも現れかねないから。

「もう聞きたいことはありませんか？　ないなら武器を用意しに行きたいんですが？」

「……さっきも今も言ってたが、マジで一人でダンジョンを攻略したってのか？」

どうやら大鷹さんは、俺には他に仲間がいて、今もこちらを遠くから窺っているスナイパーでもいるのかと考えているのかもしれない。何故なら先ほどから、しきりに窓の外をチラチラと確認しているから。

しかし残念、スナイパーではないが、この世で一番頼りになるパートナーは天井裏に潜んでいるが。

「俺は一人ですよ。それにモンスターを狩れる程度の強さがあるのも事実です。……信じられませんか？」

「……まあな」

正直な人だ。まあこちらとしてはできる限り偽りを悟られないように商談を成功させたい。だから……。

「なら少し僕に付き合ってもらえませんか？」

「付き合う？　どこにだ？」

「この近くの――ダンジョンにですよ」


『平和の使徒』と交流を得た家から百メートルほど離れた場所に古書店がある。古書店といっても、ゲームやCDなどの中古品も売っている、そこそこ規模の広いリサイクルショップだ。以前は利用客も多く、駐車場には車や学生たちの自転車などが停められていたが、今は閑散としている。同じように建物内も電気は切れて暗さと静けさだけが漂っていた。

「ここが……ダンジョン化してるってのか？」

大鷹さんが建物を見ながら質問してきたので、俺は「ええ、そうですよ」と返した。

事前にここがダンジョン化していることは調査済みだった。時間ができれば攻略する予定だったのである。

「今から僕と一緒にここを攻略しましょう」

「はあ？　いきなり攻略だって？　ちょっと待て、まずは建物内がどういった構造をしてるのか、モンスターが何体いるのか、光る石……ああいや、ダンジョンコアだったか？　それがどこにあるか大体目星をつけてから……」

「必要ありませんて。言ったじゃないですか。こう見えて僕は強いと」

そう言いながら歩き出すと、

「あ、ちょっと待て！　お前らはここで待機だ！　いいな！」

「えっ、でもボス！」

「これは命令だ！　お前らに無茶はさせられねえからな！　俺だったら一人でも何とかなる！　だから待機してろ！　いいな！」

大鷹さんは、仲間たちにそう指示を出すと、俺のあとを追ってきた。

壊れた入口を越えたところで俺は大鷹さんを待っていた。

「いいんですか、お一人で僕についてきて」

「いいわけあるか！　けど仕方ねえだろうが！　こんな無茶にアイツらを付き合わせるわけにいくか。それにお前を見極めるのは俺の我儘みてえなとこもあるしな」

「損な性格してますね。馬鹿正直っていうか」

「うるせえ！　大体——」

「——長話は戦場では禁物ですよ？　ほらほら、お出ましお出まし」

調子良く、目の前を見るように促す俺。その先には本棚があり、その陰から豚を擬人化させたような怪物が、手斧(ておの)を持って現れたのである。

「アレはオークってモンスターですね。怪力の持ち主なんで気を付けてくださいね」

「お前こそ、いきなり死んだりすんじゃねえぞ！　それで爆弾が起爆して巻き込まれるなんてシャレになんねえしな！」

「ワハハ、僕が死ぬわけないじゃないですかぁ」

その間にも、俺たちに敵意を向けたオークが目を赤く光らせて突撃してきた。

大鷹さんが即座に、持っていた銃を構えて応戦しようとするが、俺が真っ先にオークへと突っ込んでいくので目を丸くして固まる。

オークが真っ直ぐ向かってきた俺に対し、両断しようと手斧を振り抜いてきた。

俺は急激にブレーキをかけて停止し、オークの大ぶりの攻撃が終わったあとに、またすぐにトップギアに入れて突っ込んでオークの顔面を蹴(け)り上げる。

醜(みにく)い声を上げながら、奴の顔が天井に向く。その瞬間に、携帯していた《アシッドナイフ》で、無防備に露わになった首を一閃(いっせん)。

パックリ割れた傷口から血液が噴出し、それと同時に傷口から腐食が始まっていく。

これが《アシッドナイフ》の効果——腐食化である。たとえ傷口が浅くとも、刃が通った時点で大体の敵には大ダメージだ。

しかしそんな効果は必要なかったようで、オークは太い首を半分ほど切断された状態で仰向(あおむ)

けに倒れ、粒子状に消えていった。これは討伐した証になる。

若干返り血を浴びた俺は、呆気に取られている大鷹さんに向かって振り向く。

「ね、大丈夫だったでしょ？」

「……マジで何者なんだよ、お前はよぉ……」

「フフフ、そんなことより早くコアを見つけてクリアしちゃいましょうか」

せっかくだから高値で売れるコアをゲットしておこう。

するとそこへ、大鷹さんの頭上から落下してくる物体があった。

「!?　大鷹さん、上っ！」

俺は咄嗟に注意をしたが、すでに大鷹さんは俺の声よりも早く気配を察知してか、上を見上げながら銃を発砲していた。

落下してきた物体は人間の頭の二倍ほどのダンゴムシみたいなモンスターで、どうやら天井に張り付いていたらしい。

銃弾を受けたせいで絶命したが、見れば口元に蚊みたいな長い吸血口があるので、恐らく対象に張り付いて血を吸う性質を持っているのだろう。

一応《鑑定鏡》で確認したが、想定した通りの能力を持っていた。ちなみに名前はヒルバグというらしい。

「凄いですね。集団を纏め上げる力といい、大鷹さんこそ只者じゃないですよねぇ」

　今の反応を咄嗟にできるのは大したものだと思う。俺はファンタジーアイテムによって反則的に力を向上させているだけで、彼のように自らで培ったものではない。

「……まあ、戦場は慣れてっからな」

「へぇ……聞いても？」

「別に誇れるようなことは何もしてねえよ。つか恥じることばっかだ」

　吐き捨てるような言い方。そこに嘘はなさそうだった。

「俺は……元傭兵だ。だから他の仲間よりは多少こういうことに経験があるだけなんだよ」

　元傭兵……なるほど。彼から漂ってくる雰囲気もそうだが、やはり彼だけは素人ではなかったようだ。

「元ってことは、辞めたあとは何をしてたんです？」

「教師だよ」

「体育教師？」

「言いてえことは分かるが、歴史だよ歴史」

　残念、外れたようだ。だってこの見た目だし。

　ただ気になるのは、元傭兵という立場をまったく快く思っていないこと。

「もしかして傭兵やってたの後悔してるんですか？」

「……当然だろ。傭兵なんてロクなもんじゃねえよ」

「なら何でやってたんです？」

「………金のために決まってんだろ」

何だかそれだけではなさそうな表情だが、とりあえずそれ以上の理由があっても教えてくれなさそうなので聞かないことにした。

「もっとも傭兵やってて良かったことも……あったけどな」

「それってどんなことです？」

「こうして仲間たちを守れるし、戦い方を教えることもできるだろ？」

「なるほど。確かにこんな世の中になって、大鷹さんの存在は周りの人たちにとってはありがたいでしょうねぇ」

平和な世の中に生きてきた人は、当然戦い方なんて知らない。サバイバルなんて興味がなければ手を出さないだろう。だからこそ技術を有する彼の存在は大きい。

「それと……嫁さんにも出会えたしな」

「え？　独り身じゃなかったんですか？」

「違えよ。つか、その言い方だと、俺が当然独り身みたいなんだが……？」

「あー……ひゅ……ひゅひゅしゅ～」

「口笛吹けてねえよ！　誤魔化し下手か！」

う～ん、口笛苦手だな。

「そ、そんなことより先を急ぎましょうか！」

俺はさっさと攻略して、商談を確約させようと急ぐことにした。

このダンジョンに凶悪なモンスターがいないことは分かっている。それに何かあった時は、今もこっそりとついてきてくれているソルが頼りになるので安心だ。

そうしてモンスターを見つけては討伐していき、ダンジョンコアを二人で探す。

「……それにしても円条、お前……こんなことをたった一人でやってきたのか？」

「何ですか急に？　僕は一人だって言ったでしょ？」

難しい顔で俺を見てくる大鷹さん。

「……お前に仲間はいねえのか？」

「だからいませんて。それに……必要もありませんしねぇ」

「そいつは……寂し過ぎるだろ」

「ハハ……寂しい、ですか」

俺は彼に背を向ける。

「大鷹さんには分かりませんよ、きっと。僕はもう……期待はしないって決めたんで」

「円条……お前」

「それに、僕はこの生き方に納得してます。僕はただ、納得できることをするだけ。できないことに背を向けて、周りに流されるようなダサい生き方だけはしたくないんですよ」

「!?　……何だか不思議議だな」

「は？　不思議ってどういうことです？」

「いや、悪いな。何だか懐かしいって思ってよ」

「懐かしい？」

「ああ。今はもう会ってねえけど、学生の時に世話になった先輩がいてな……」

「先輩、ですか……」

「その人の口癖が、今お前さんが言ったようなことだったんだよ。『納得できないことに背を向けるようなダサい生き方はしない』ってな」

俺は大鷹さんの言葉を聞き、ほとんど無意識に「そ、その人の名前は？」と聞いてしまっていた。

すると大鷹さんは、頰を緩めながら驚くべき名前を告げる。

「――――坊地英雄」

何っ……だって？

俺が驚いたのも無理はないだろう。

だってその名前は――――俺の親父なんだから。

「その人は俺の憧れでな。心も身体も強くて、大勢の人に慕われてた。俺は先輩みてえになりたくて、学生時代はいつも付き纏ってたなぁ。旅行が好きな人でな。あ、でもホラー系は苦手だったな。はは、肝試しなんかはマジで面白かったぜ！」

っ……間違いねえ、親父だ。

名前だけ同じの別人という可能性もあったが、大鷹さんが言い連ねる性質がすべて親父に当てはまっていた。旅行が好きなことも、ホラー系が苦手なこともだ。子供騙しのようなお化け屋敷でも涙目になるくらいである。

でもまさか……この人と親父に繋がりがあったなんて……。

さっき違和感を覚えたことを思い出す。彼の名前を聞いて、どこか引っ掛かったことだ。

そういや親父が前に酒に酔って昔話をした時に、大鷹蓮司という名前が出てきたような気がした。

親父が学生の頃に、滅茶苦茶可愛がっていた後輩が確か大鷹蓮司という人物だったのである。

ただ一つ、親父はその後輩のことを話すと、嬉しさとともに悔しさも同時に口にしていた。

何でも後輩が苦しんでいたのに、助けてやることができなかったと。

一体何があったのかまでは教えてくれなかったが、それがもしかしたら大鷹さんが傭兵をやるに至った理由だったのかもしれない。

「あん？　どうしたそんな幽霊でも見たみてえな顔して。俺の顔に何かついてっか？」

「……！　あ、いいえいいいえ！　ただその大鷹さんのただでさえ迫力のある顔が、この暗がりでさらに勢いを増してたもんですから」

「今更それ言うのかよ！　つか初対面で失礼過ぎねえかお前！」

「そういう大鷹さんこそ、初対面なのに随分とプライベートな話を聞かせてくれるじゃないですか」

「……そういやそうだな。何でだ？」

いや、何でって俺に聞かれても……。

「まあ……何つうか、お前にはこう……話しても良いような気がしてな。……うん、何となくだ何となく。ま、あれだな。お前の雰囲気がほんのちょっと坊地先輩に似てたからかもな！　ハハハハハ！」

豪快に笑う。俺が衝撃的事実に内心焦りを覚えていることも知らずに。

けどそっか……この人が親父の言ってた後輩だったんだな。

「……ハハ、似てる、ですか。もっとも僕の方が何倍もイケメンでしょうけどね！」

「おいおい、坊地先輩は見た目もイケてたぜ？　お前みてえになよっちい見た目じゃなかったしよぉ」

なよっちくて悪かったな。このオッサン、俺が親父の息子だって知ったら度肝抜かれるだろうな。

「ただまあ、先輩とは俺が傭兵になった時に会わなくなったな」

「じゃあもう何十年も？」

「いや、嫁さんと結婚するために日本に帰ってきて、そこでバッタリ会ったな。でも驚いたぜ。そん時に、先輩は自分の子供を連れてたしな」

まだ赤ん坊だったがなと追加で情報を口にした。

どうやら俺も以前に彼とは会っていたようだ。無論赤子の時なので覚えていないが。

それから嫁さんの実家がある街に引っ越して、そこでしばらく過ごし、教師として今度はこの街に転勤してきたという。当然家族と一緒に、だ。

「あーでも失敗したぜ。再会した時に連絡先を交換しときゃ、また会えたのによぉ。……またあの人に会いてえなぁ。今度は一緒に酒を飲みてえや」

朗らかな表情で希望を声に出す大鷹さん。

悪いな、大鷹さん。その望み、もう叶わねえんだよ。

どうやら彼は親父がすでに他界していることを知らないようだ。それにこの街に住んでいたことも。

できれば親父が可愛がっていた後輩だ。それくらいは伝えてやりたいが、さすがにこの姿で教えるわけにはいかない。

「……あっちに恐らくコアがあるでしょう。ほら、さっさと行って終わりにしましょう」

「は？　おい何だよ、いきなり素になりやがって。……何か怒らせるようなこと言っちまったか、俺？」

俺は不安な表情を浮かべる大鷹さんをよそに、店のバックカウンターへと入っていく。

そこにはコアを守るように、一回り大きなオークが立ち塞がっていたが、俺は無表情のまま、モンスターに向かって《爆裂銃》を放つ。

王坂という人間を、たった一発で塵にしたほどの威力を持つ銃弾だ。コアの近くに立っていたオークだったが、その銃弾を受けて爆散した。

周囲にあった資料や本、テーブルや棚などを巻き込んでの大破である。

その威力はコアをも一撃で破壊したようで、その一発でダンジョン化は解消された。

「っ……お、お前……その銃は一体……!?」

当然のように俺が手にしている兵器に目がいく大鷹さん。

俺は彼に振り向き、作り笑いのまま答える。

「ああ、これは一点限り、僕専用なのでお売りできませんから、あしからず」

それだけを言うと、俺はそのまま大鷹さんの脇を通り抜け、建物の出口へと向かっていった。


俺が外に出てきたと同時に、大鷹さんの仲間も駆け寄ってきた。

そして俺の後ろから追ってきた大鷹さんの姿を見て、彼らは安堵の溜息を吐いて、大鷹さんの帰りを歓迎している。

突然店の中から大きな爆発音がして煙が立ち昇ったから、彼らは気が気でなかったようだ。

俺はそんな大鷹さんを見ていると、何とも接しがたい気持ちにかられた。恐らくは、彼から聞いた親父との繋がりに対し、複雑な心情が込み上げてきているからだろう。

「……大鷹さん、これで僕が嘘を言ってないことが証明されましたよね？　取引を進めてもいいですか？」

「あ、ああ……いつ取引はできる？」

俺の素早い対応に、少し戸惑いを見せている大鷹さんだが、俺は構わず続ける。

「そちらの都合の良い日時で構いませんよ。ただこれだけの兵器数となると、相応の金額にはなります。ご用意できますか？」

「……幾らだ？」

「ざっと見積もって――――一億三千万ってとこですかね」

「「「いっ、一億ぅぅうっ!?」」」

大鷹さん以外の連中が歯を剝き出して驚愕している。

しかし大鷹さんは、特に驚いている様子がないところを見ると妥当だと思っているのだろう。

「まあ、銃器類だけならまだしも、軽装甲機動車を三台も御所望ですから」

いわゆる戦闘車両の一種だ。５・56ミリ機関銃や01式軽対戦車誘導弾（肩に担いで射撃するタイプのミサイル）で、移動したまま攻撃することができる。

値段にして約３０００万円。ただしこれは通常の価格。〝ＳＨＯＰ〟ではもっと安く購入できるので、その差が俺のプラスになる。

「一億三千……か。少し勉強してくれると嬉しいんだがな」

「ハハハ、ご冗談を。以前、大鷹さんたちがダンジョン化した銀行を攻略した際、たんまりとゲットしたものがあるでしょう？」

「！　……なるほど、やっぱ食えねえ奴だなお前さんは。何が近くにいたから接触しただ。それが一番の狙いだったんじゃねえか」

「金のニオイがするところに湧くのが商人ですから」

ちゃんと時間をかけて調べた結果だ。やはり情報収集は何よりの武器になる。

「……しゃあねえ。バレちまってんなら誤魔化しも通じねえか」

「ということはきっちりお払いくださるんで？」

「おうよ。耳を揃えてな。けど、そっちも一つも不備なく頼むぜ」

「もちろん。何か不良品でもありましたら、その都度対応させて頂きますよ」

俺はスッと立ち上がり、右手を大鷹さんへと差し出す。すると大鷹さんもまた、商談成立といった感じで握手に応じてくれた。

こうしてまた、一つの大口商談相手を確保できた。

そのあとは、取引場所と日時を、互いのスケジュールを考慮して決めた。

大鷹さんは、もう少し俺と対話をしたかったようだが、必要事項だけを決めたあと、俺は私用があると言って、すぐにその場をあとにしたのである。

そして俺は、そのまま無言で歩き続け、自分の家へと辿り着くと、そのまま自室のベッドに倒れ込んだ。

「……ぷぅ、ご主人？」

ここまで俺の様子を察してか、傍にいながらも話しかけてはこなかったソル。

どうやら大分この子には気を遣わせたらしい。

「……はあぁぁぁ。ソル……護衛、ありがとな」

「！　ぷぅ〜、お安い御用なのですぅ！」

俺が微笑みながら、彼女の身体を撫でてやると、ホッとしたように笑顔になるソル。

そうだ。確かに予想外の真実にぶち当たったが、そんなもの関係がない。俺は俺で、親父は親父だ。別に気にすることじゃない。

大鷹さんはあくまでも商売相手。それだけ。それだけでいいのだ。

そう思うと、達成感と緊張感の緩和が全身を包み込む。まだ完全に商談が終わったわけじゃないが、一先ず商売相手を得ることはできただろう。

ただちょっと円条のキャラはやり過ぎたかなぁ、とも思う。アニメや漫画にいそうなっていう浅い知識で、あんなキャラにしたが上手くいって良かった。

まあ別に失敗していても、また少しずつ円条の噂を広げていけば、向こうからこっちに接触してくる連中も増えてくるだろう。

また円条を通して、海馬や鳥本にもコンタクトを願う者たちもだ。そうすればさらに俺の市場は活性化し、どんどん利益が膨らんでいくはず。

それに伴いリスクも当然上がるが、その都度、注意を払っていけば問題ないだろう。

しかし今回のように、ソルが常に傍にいるとも限らない。

あの子には、時折情報収集で出払ってもらっていることもあるからだ。

……俺の専属護衛役として〝ＳＨＯＰ〟でまた『使い魔』でも購入する……か？

そうすることで、ある程度は安全は保たれるかもしれない。

しかしそれ相応の強さが欲しいし、できればソル以上の戦闘能力……いや、護衛力が望まれる。そうなればやはり高値になってくるだろうから、もっと所持金が膨れ上がって余裕が出てきた時に考えよう。

今は手元にある手札でやりくりするしかないだろう。

「とりあえず、大鷹さんたちとの取引場所も決めたし、日時は一週間後だな。それまではまた地道に稼いでいくとするか」

こうして俺は、大口商談相手を無事に得られる喜びを噛み締めて、気分良く一日を過ごすことができたのであった。

――六日後。早朝。

今日も今日とて、福沢家のベッドの上で目覚めた俺は、まず《変身薬》を飲んで、鳥本の姿が維持できるようにしておく。

そして今日の予定はどうするかと思案する。

「訪問販売の幅を広げてみるのも良いかもな。それとも『再生師』としての名をもっと売るか？」

武器商人の方は、『平和の使徒』から繋がって、次第に名が広まっているだろうから、こちらも他の連中が円条とコンタクトを取れるシステムを構築するべきだ。

「ったく、忙しいったらありゃしねえ。まあ、嬉しい悲鳴ではあるけどな」

それだけ実入りが期待できるというわけだから。

これらの商談の中で、やはり一気に稼げるといったら『再生師』だろう。この世界において怪我人は格段に増えている。

しかも二度と治癒できない、部位欠損や麻痺など重い障害を受けた者たちだって大勢いるはずだ。

それこそ病院に行けば、数限りないほどの客を手に入れることはできる。

ただ鳥本の場合、あまり大雑把に動けば、面倒な連中が集まってくる危険性も高い。そんな便利な力があるなら、見返りなんて要求せずに治してやれと口にする者は確実にいるだろうし。

ハッキリいってそんな連中が寄ってくるのは鬱陶しい。だが稼げるのもまた事実。

ここらへんはどちらを取るか、という話になるだろう。というよりも、どの商談も人の口に戸は立てられない以上は、いずれもっと噂は広がり厄介事だって増えてくる。

「ただそうなった時は最悪、衣替えならぬ人間替えで対処していくしかないか」

もっとも別の『再生師』が活躍し始めて、丈一郎さんたちの耳に入ると、この世にたった一人しかいないといった俺の嘘がバレるので、もう近づけないかもしれないが。そうなる前に、福沢家にはたくさん稼がせてもらいたいものだ。

「そうと決まったら……ビラでも撒くか？　ネットが使えれば不特定多数に情報を提示することも簡単なんだけどなぁ。今じゃ口コミが一番の情報ネットだし」

ただそれほど慌てて手を広げなくても良いとも考えている。

少しずつだが、俺の噂は確実に広がっているし、焦る必要はないかもしれない。

「そうだなぁ。今日は『再生師』で避難所にでも行ってみるか」

そこなら家がダンジョン化したという話を聞くことができる可能性がある。怪我人だっているかもしれない。そして見返りを期待できそうな人物に対し商談を持ちかける。

俺は幾つか設定されている街の避難所の一つを決め、今日はそこへ出掛けることにした。

――【飛新大学】。

災害時に避難場所として設定されている場所だ。

建物すべてが耐震改修もされており、規模も広いということから、住民たちの頼れる柱として昔から存在している。

偏差値もかなり高い私立でありながらも、毎年行われる文化祭ではテレビ取材なども入るくらい大盛り上がりになる伝統をも有していた。

そんな大学にソルと一緒に足を運ぶと、大きなグラウンドには仮設住宅などが設置されていて、すでにある程度の生活感も溢れているようだ。

建物に住むという選択肢も当然あるが、仮に建物がダンジョン化した場合、逃げることができなくなる危険性を考えて、こうして開けた場所に住居を構え過ごしているのだろう。

確かに体育館で過ごしていた場合、突如ダンジョン化してモンスターが出現した時、出口は限られているので、咄嗟に逃げられる人は少ないかもしれない。パニックになって大勢の者たちが出口を塞いでしまうということも考えられる。

その点、外ならすぐに四方八方へ逃げることができるだろうし、正門からも近いので場所としては利点は多い。

とりあえず俺は、そんなグラウンドに足を踏み入れると、そこではキャンプ施設のように調理場も設置されていて、女性たちが料理を作っていた。

男性たちは、新たに仮設住宅や家具などを作ったり、主に力仕事を任されている。

子供たちも親を手伝い、小さい子の面倒を見たりと、見る限りでは平和がそこには広がっていた。

ただ……この数は結構すげえな。

この大学にはグラウンドが三面あり、大小様々ではあるが、どれも広いのは確かで、その三面とも使用しているのだから、ここに移り住んでいる人たちの規模が分かるだろう。

「それだけダンジョン化が進んでるってことだろうな」

俺が周りを見回して呟くと、

「ご主人！　人がたっくさんなのですぅ！」

俺と手を繋いでいる紅髪の少女が、楽しそうに声を上げた。

この子は――ソル。何故人の姿をしているのかというと、俺と同じように《変身薬》を服用して擬人化してもらっているのだ。

ソルもたまには人の姿で散歩してみたいと言うので、せっかくだからこの機会に一緒にここへ来ることにしたのである。

ただ思った以上にソルは目立つようで、こちらに注目する者が多い。愛らしく保護欲をそそられる外見をしているので仕方ないとは思うが。

「こらソル、ご主人はダメだって言ったろ？」

「あ……ご、ごめんなさいです。その……お兄ちゃん」

ズキュンと思わず胸を貫かれるような感覚が走った。何せこんな可愛い子が妹だったらと夢想した経験が過去にあったからだ。

俺がソルの頭を撫でると、ソルは嬉しそうにはにかむ。

「むむ！　あっちからおイモのニオイがするのですぅ！」

「あ、ちょっと待てソル！」

と、制止する前に、物凄い速さで駆け抜けていってしまった。

やれやれ。まあアイツのことだから、迷っても問題ねえけどさ。いざとなったら《念話》で、遠く離れていても心の中で会話もできるし。

それに俺も一人の方が、いろいろ情報収集はしやすい。だからこの間に仕事は済ませておこう。

そう判断し、ソルとはあとで合流することにして、俺は住人から周囲の状況などについて尋ねることにした。

※

このニオイ！　このニオイはっ!?

ソルは、この食欲をそそる香りに従って走ってきたのだ。

そして仮設住宅という建物の曲がり角を曲がって、その先にソレを見つけた。

「ア、アレは!?」

キッチンスペースが作られたエリアがあって、その脇に焚火で焼きいもを作っているのが目に飛び込んできた。

「ぷううう～！」

ソルは、と～ってもおイモが好きなのです！　もっちろん一番好きなのはご主人が作ってくれるマッシュポテトですけど、おイモ全般は大好物なのです！

おイモこそ世界一美味しい食材だと思っているのだ。

ソルは堪らず焚火の方へと駆け寄っていく。

しかしその時、脇道から急に歩いてきた大人の男性にぶつかってしまい、思わずよろけてしまう。

まだ人型に慣れていないということもあり、すぐにこうしてバランスが崩れちゃうのだ。

そして近くの資材置き場に背中が強めに当たってしまった。

すると重ねられた資材がガタンと揺れ、その上に無造作に置かれていた工具入れが、ソルの頭を目掛けて落下してきたのである。

「危ないっ！」

大人の人がソルを見て叫んで手を伸ばすが、明らかに間に合わない。

ソルも擬人化のせいで反応速度が遅くなっているのか、落下物に気づくのが遅れ、さらに体勢も崩れていたことから避けることができずにいた。

ここは痛みに耐えるしかないと思ったその時、不意に自分の身体に、後ろから何かが激突した衝撃を受けて、そのまま前方へと大きく倒れる。

――ガシャンッ！

工具入れは、先程ソルが立っていた場所に落ちた。

「お嬢ちゃんたち、大丈夫か！」

大人が声を上げながら駆けつけてくる。この騒ぎに気づいた者たちも同様にだ。

だがそれよりも気になったのは……。

……お嬢ちゃんたち？

そこへ、自分の背中におぶさるように倒れている人物に気づく。

「……無事デス？」

その人物……いや、十代前半くらいの女の子が、無感情の表情でソルを見つめていた。

白い上着に動きやすそうな短パンを着用し、見た目は活発そうな感じだ。ただし一際目を引くのが、その子の利発そうに整った顔立ちに映える美麗な銀髪だろう。

ソルは上半身を起こし、先程自分が立っていた場所に散らばっている工具を見て、何が起きたのかを理解する。

「もしかして助けてくれたのです？」

「……ケガ」

「え……あ」

見ると確かに膝を擦りむいていた。

すると女の子が、ソルの手を引いて「こっち」と歩き出したのである。

辿り着いた場所は水場で、蛇口を捻って水を出して傷口を洗うように言われた。

そうして傷口を洗うと、女の子がポケットから絆創膏を取り出して貼り付けてくれた。

「ぷぅ、ありがとうなのです！」

「ぷぅ？　それって何デス？」

「あ、えと……鳴き声？」

「泣き声？　よく分からないデス」

僅かに眉根が歪む女の子。あまり感情が豊かな子供ではなさそうだ。

その時、少し遠くから「ソルーッ！」と、ソルの名を呼ぶ声がした。

この声は大好きなご主人！

「ご主……お兄ちゃぁーん！」

もう少しで禁止されていた〝ご主人〟と呼ぶところだった。何でもソルみたいな子が、大人の男性をご主人って呼ぶのはあまりよろしくないようで、お兄ちゃんと呼ぶように言われているのだ。

「……!?　ソル！」

ご主人がソルを見つけて駆け寄ってくる。そして膝に貼られた絆創膏を見て目を細める。

「小さい子が倒れたって聞いて探し回ってたんだが、何かあったのか？」

ソルは心配してくれるご主人に申し訳なさと嬉しさを感じながら、自分に何があったのかを説明しようとしたが、ふと先程までそこにいたはずの女の子がいないことに気づいた。

「……あれぇ？」

※

ソルと別れたあと、俺は仮設住宅で過ごす人たちと、慣れないコミュニケーションを図っていた。

少し休憩がてら、ゆっくり歩いていると掲示板らしきものが目に入ったので確認する。

ここに住む者たちの一週間のスケジュールが書かれた紙が貼られている。とはいってもゴミの処理や掃除（そうじ）、食事の献立（こんだて）など、簡易的なものばかり。

また運動の日というのもあって、この時は皆で球技などをして身体を動かすようだ。こういう日を作ることで、運動不足を解消したり、住民たちの親密度を高めたりするのだろう。

「ん？　これは……」

端の方には子供たちの写真や、その特徴などが書かれた紙が貼られている。

「行方不明……？」

なるほど。もしかしたらダンジョン化した建物から逃げる際に、子供と逸れてしまったのかもしれない。こういう状況だ。そういうことも十分考えられるだろう。

そこへ同じように掲示板を見ていた男性二人が、

「また子供が行方不明になったらしいな」

「みたいだな。あの噂ってやっぱ本当なんじゃねえか？」

と、難しい顔をして言い合っていたので、少し気になって声をかけてみた。

「あの、すみません。その噂ってどういう内容ですか？」

そして彼らから、近頃良くない噂が街に広まっていることを教えられた。

聞いた話によると、幼い子供たちが次々と姿を消しているという。当然親は、警察署に乗り込んで事件の解明を求めているが、状況は芳しくないとのこと。

最近専らダンジョン化が増えてきたこともあって、その対応に追われ、子供が行方不明になっている件に力を入れる時間と人手が足りていないようだ。

無論動いてはいるようだが、いまだ解決の糸口すら摑めずにいるらしい。

行方不明……ただ親と逸れたってだけじゃなかったのか……？

しかもダンジョンで逸れたわけじゃなく、こういった安全だと思われる集落の中でも起こっている事件らしい。

「だから外に子供を連れ出すのは怖くて」

「そんな噂があったんですね。俺も気を付けるようにします。貴重な情報をありがとうございます」

もっともソルが何者かに攫われたとしても、俺はそいつに同情しかしないが。だって確実に返り討ちに遭うだけだし。

俺は再び情報収集しながら、別れたソルを探して歩き回った。

このキャンプにもいろんな家族がいて、子供たちも多い。例の事件の噂があるせいか、子供たちも親にキャンプから出てはいけないとでも言われているようで、間違っても大学から出ていくような子供はいない。

「……ん？」

すると周りが少しざわつき始めたので、何があったのか聞いてみた。

どうやら〝小さい子が倒れて怪我をした〟というような話だ。それほど大げさにするようなことでもないとは思うが……。

ただまさか、と思って、一応ソルを探そうと彼女の名を呼んで歩き回ることにした。

そしてソルを見つけ、彼女が怪我をしていた様子を見て、予感が当たったと思わず頭を抱える。当然ソルには何があったのかを聞いた。

どうやら危うく大怪我をするところを、一人の女の子に助けてもらったらしい。

「──なるほど。それで……その女の子はどこに行ったんだ？」

「それが……さっきまでここにいたのですよぉ……」

しょんぼりとするソル。俺はそんな彼女の頭をそっと撫でてやる。

「もしかしたら恥ずかしがり屋なのかもな。次にまた会ったら、一緒にお礼を言おうな」

「！　……ハイなのですぅ！」

そうして俺たちは情報収集を終えたので、そのまま大学を後にしたのである。


──翌日。午後二時前。

俺は、円条ユーリに扮し、『平和の使徒』との約束の地へと向かっていた。

埠頭にある第三倉庫で、そこなら誰にも邪魔されずに取引ができる。

集合時間よりも一時間以上前に来て、俺はまだ誰もいない間にある作業をしていた。

一応傍にはソルもいて、人の気配があれば知らせてもらうことになっている。

ただ、今俺がいるのは第三倉庫ではなく、第四倉庫だ。

倉庫は薄暗くて、鉄パイプや鉄骨などが入った木箱がそこかしこに詰められている。

その中を突き進むと、かなり広い空間へ出るのだが、そこには何もない……ように見えるだろう。

空間の半ばほどまでに進んだあと、《ボックス》から『平和の使徒』の依頼品を取り出し始めた。一応要求リストを確認しながら出していき、滞りなく作業は終了する。

あとはそのまま時間が来るまでそこで待機し、ソルから『平和の使徒』の来訪を確認してもらったあとに、第三倉庫へと向かっていく手筈だ。

そしてソルから、待ち人の来訪の情報が入った。

俺はすぐさま第三倉庫に向かい待っていると、時間通りに大鷹さん率いる『平和の使徒』たちがぞろぞろとやってくる。

仲間の数人が、大きなバッグを二つ持っているが、恐らくその中には金がギッシリ詰まっているのだろう。

「お待ちしておりましたよ、大鷹さん」

「ああ。金はちゃんと用意した。そっちの首尾は？」

「問題ありません。ちゃんとご用意してあります」

「この短期間でか……とても信じられんが」

「では信頼してもらうためにも、実際に見て頂きましょう。どうぞ、僕についてきてください」

そう言いながら第三倉庫から出て、第四倉庫へと入っていく。

そして例の依頼物を保管している場所へ辿り着くと――。

「「「「お、おおぉぉぉぉっ!?」」」」

大鷹さん以外の者たちが、自分たちが依頼した車両や銃器類などが目前にあることを知り感動して声を上げた。

「お前ら、ちょっと落ち着け！」

「で、でもボス！　マジですげえよ！　戦闘車両もちゃんと三台あるし！　しかも新品っぽいぞ！」

「わーったから落ち着け！　まだ取引は終わってねえだろうが！　いいか、お前らも大人しくしてろ！」

子供のようにはしゃぐ仲間たちを嗜めてから、大鷹さんが改めて円条の方を見る。

「大したもんだ。マジでこれだけの代物をたった一週間程度で用意するなんてな。どうやって……って聞くのはヤボってもんか」

「ええ、それは企業秘密ですから」

俺は傍から見たら胡散臭いであろう薄笑いを浮かべて答える。

「だな。まあいい。俺らにとっちゃ、入手経路なんてどうでもいいしな。問題は本物かどうか、だ」

「では大鷹さんだけに許可します。どうぞ、触れて確かめてみてください」

するとは大鷹さんが、車両や銃器類などを手に取り、ササッと確かめ始めた。

「コイツはマジにすげえ。どれも新品だし、見たところ不備もねえ」

満足したのか、再び依頼物から離れて円条と対面する。

「文句なしだ」

「では商談成立ということで」

「ああ。おい、渡してやれ」

俺のもとへ、二つのバッグが置かれる。

俺は《鑑定鏡》を使い、中にあるものを鑑定した。これを通してみれば、対象物の細かな情報を知ることができるのだ。

どうやらこちらの指示通り、一億三千万、キッチリ入っている。

それでも一応バッグを開けて中身を確かめるフリをした。だが数えることはせずに、バッグを閉じる。

「ちゃんと確かめなくてもいいのか？」

「今後も親しいお付き合いをしてくださると信じていますから」

「取引で下手を打つようなマネはしねえよ。それにお前とは長い付き合いになりそうだしな」

それはそれは。存分に俺に金を落としてもらいたいものだ。

「ボ、ボス！　もうあれは俺らのもんなんすよね！」

「触ってもいいよな！」

「俺も我慢できねえよ！」

「わーった、けどグレネード系には触れるなよ。扱い方はまだ教えてねえからな。それと銃に弾は込めるな。車もまだ走らせるな。それを守れるならいいぞ」

「「「よっしゃあぁぁぁ！」」」

仲間たちが水を得た魚のように武器を手にして騒ぎ出す。

「悪いな。騒がしくしちまってよ」

「いえいえ、喜んで頂けたならこちらとしても嬉しいですから」

「ていうかその金、結構重てえぞ？　一人で運ぶつもりか？」

「ご心配なく。こう見えても力持ちですから」

それに一億円といえば、たかが十キロ程度。別に一般人でも持ち歩けない重さじゃない。

俺はバッグを両手に持つと、大鷹さんに向けて今後について説明し始めた。

「次から取引したい時は、コレを使ってください」

大鷹さんに渡したのは《文字鏡（もじかがみ）》という名の手鏡だ。

「あんだコレ？　鏡……だよな？」

「ええ、ですがただの鏡じゃありません。こっちにはもう一つ」

俺の手にはもう一つの手鏡がある。一見どちらも何の変哲もない鏡に見えるだろう。しかもこれも当然ファンタジーアイテムなので特殊な能力がある。

「その鏡に文字を書き込んでください」

「あん？　文字？　……このペンでもいいのか？」

「書けるなら何でもいいですよ」

「んじゃ……」

大鷹さんが、俺の指示通りに文字を書き込む。

「大鷹さん……あなたが書き込んだ文字は――〝平和〟ですね？」

「!?　……何で分かったんだ？」

俺が、その手に持っている鏡をクルリと反転させる。するとそこには〝平和〟という文字が刻まれてあった。

「は？　え？　どういうこったそれは？」

「この鏡は繋がっていましてね。互いに書いた文字を確認することができるんですよ。たとえば僕が……」

「……！　おお、文字が浮かび上がってきたぜ！」

俺が自分の《文字鏡》を見せる。そこに刻まれた文字と、大鷹さんが持っている《文字鏡》

に映し出された文字は一致していた。

「これでいつでも連絡を取ることができます。何かご入り用のものがありましたら、いつでもコレで連絡してください」

「はぁ……あの奇妙な銃といい、不思議なもんを持ってんだなぁ」

「まあこういう変わったものを作っている知り合いがいまして。ただ数に限りがありますので、今はあまり量産はできませんが」

「了解した。じゃあ連絡してえ時は、コレを使わせてもらうわ」

「はい。……ああそれと、一つだけお聞きしたいことがあります」

「何だ?」

「『平和の使徒』はダンジョン攻略だけじゃなく、暴徒の壊滅も行ってるんですよね? 治安維持のために」

「まあメインはダンジョン攻略だけどな」

「治安に関する件なんですけど、最近ここらで子供たちが行方不明になっているって噂、ご存じですか?」

「ああ、その噂は知ってる。俺らも攻略がてら、情報収集を行っているが、どうやらマジな話らしいな」

「じゃあ本当に子供が? 誰かに誘拐されたとかですか?」

「話によると、突然近づいてきた車から、覆面をした男たちが降りてきて、子供を攫って走り去るらしい」

どうやら噂ではなく真実だったようだ。

「何のために子供だけを攫うんでしょうか？　今のご時世で身代金なんて要求するとは思えませんし」

俺みたいな商売をしているならともかくだ。

「さあな。けど何にしても許せねえよ。見つけたら叩き潰してやるつもりだ」

「さすがは正義の味方、ですね」

「うっせ。けど今は……攻略で手一杯で、なかなか手広くできねえのが現実だ」

メインはダンジョン攻略でもあるので、他のことに手を回している余裕がないのだろう。

「けど武器も手に入ったし、これならまた人手も集めることができる。この街を守るためにも俺らは戦うつもりだ。ま、本当はもう戦うのは嫌なんだけどよ」

「……そういえば前に傭兵だったたって言ってましたもんね」

「ああ……まあ傭兵なんてクズそのものだ。金のためにゃ人だって平気で殺す。俺はそれに嫌気がさして止めたってのに……またこうして武器を持ってる。……皮肉な話だぜ」

「そう、ですか。でもあなたのお蔭で救われてる者たちもいますよ」

「……だといいがな」

「僕も儲かりますし」

「はっ、言いやがる。ま、そういうことで、俺はこれからもコイツらを守るためにも戦う。今後ともよろしく頼むぜ」

「ええ、こちらこそご贔屓にお願いします。では武運を」

俺はそう言うと、そのまま倉庫を出る。

一応上空で旋回しながら監視しているソルに、俺の後をつけているような輩がいないかどうか確かめさせている。

そのまましばらく歩き続けていると、目の前に公園が見えてきた。

そして真っ直ぐそこに設置されている男子トイレの一室へと入る。

そこで金の入ったバッグを《ボックス》に収納し、残金が確かに増えていることを確認してほくそ笑む。

次に坊地日呂の姿へと戻り、そのまま何事もなかったかのようにトイレを出た。

……よし、取引大成功だな！

それから自宅へ辿り着くまで、何も問題は起きずに本日の大口取引成功を、ソルとともに祝った。

『平和の使徒』のお蔭（かげ）で、だいぶ懐（ふところ）が温かくなった俺だが、当然円条（えんじょう）ユーリとしてだけでなく、他の商売人としても活動していた。

また一週間が経つと、例の《文字鏡（もじかがみ）》を使って大鷹（おおたか）さんに呼び出しを受け、その度（たび）に銃弾やグレネード弾などの弾の補給役として使われた。

どうやら豊富な武器が揃ったこともあって、ダンジョン攻略にも力を入れているようで、武器はともかく銃弾などがすぐに足りなくなるらしい。

こちらとしては、その度に儲（もう）かるので大歓迎だ。

さらに俺への商談のために、金目のものを集めるようにしているとのこと。

こうして持ちつ持たれつの関係が出来上がり、今後も良いビジネスパートナーとして付き合っていきたいものだ。

そして本日、初めて会ってから三週間後、またも大鷹さんから呼び出しを受けて、銃弾などの消耗品（しょうもうひん）を売りにやってきた。

場所は以前と同じ例の埠頭にある第三倉庫である。

三回目ともなれば、大鷹さんも慣れたようで、一切の警戒もなく、俺が用意した商品を買って帰っていく。

もっと一気に購入した方が効率が良さそうなものだが、そう大鷹さんに言ったところ、「過ぎたるは及ばざるがごとし」と笑った。

どうやら必要最低限で十分とのこと。有り余るほどの弾が手元にあったら、絶対に無駄遣いもするだろうし、またそれが油断に繋がって事故を招いてしまう。

限られた物資で、どう戦っていくか考えるのも生き残るために必要らしい。

恐らくそういう心構えは傭兵時代に学んだのだろう。それを部下、というか仲間たちにも教えていきたいのだと思う。

仲間思いの立派な人物である。本当は武器を持って戦うのを嫌っていたはずなのに、それでも誰かを守るために手を汚す。そういう決断ができる人物はそうはいないだろう。

ああいう人は、仲間を裏切るようなことはしないのかもしれない。

もし大鷹さんみたいな人が、俺が学生だった時に傍にいてくれていれば、俺もまた人間を嫌いにならなかったのだろうか。何せ、あの親父が可愛がっていた後輩なのだから。

……ま、仮定の話をしても意味ないがな。

俺は取引を終えて、一人で倉庫の外に向かいつつ溜息を吐いた。

それでも今回も無事に取引が終わって何よりだ。また懐が温かくなった。

あとはこのまま例のトイレで変化を解いて帰るだけだ。

〝ご主人、そちらに向かって車が向かっているですよ〟

突然ソルからの報告。

俺が第三倉庫から出て歩いていた矢先のことだ。そのまま待っていると、ソルの言う通り、見慣れぬ黒塗りの車がやってきて、目前に停止した。

すると黒スーツを着た、いかにもお近づきになりたくなさそうなタイプの男が、車から二人ほど出てきた。運転席にはまだ一人残っているようだ。

男たちが俺へと近づいてくる。

「これは……厄介事か？」

ソルに警戒を強めるように指示をし、俺もまた何が起こっても即座に反応できるようにしておく。

もし問答無用で襲ってくるというのなら、俺が持つ全戦力を注ぎ込んで壊滅に追い込むつもりだ。

「――あなたが『死の武器商人』ですね？」

男の一人が確認のためか尋ねてきた。

「おやおや、だとしたら何ですかね？　もしかしてヤーさんか何かですか？　自分の縄張りで好き勝手するなとでも忠告しにきたんでしたら――」

「いいえ、違います」

男がそう言いながら懐に手をやる。

一瞬銃を取り出すのか、と思いきや……。

「こちらを」

そう言いながら俺に向けて差し出したのは、一枚の封筒だった。

警戒しながらも、その封筒を受け取る。

「もしかして熱烈なラブレターか何かだったりするんですかね？　だとしたら年甲斐（としがい）もなくドキドキもんですねぇ」

おどけた感じで言うが、男たちは一切表情を崩さない。

俺が封筒を開けて中を確かめるまで、ここを動かないということか……。

俺は大げさに肩を竦（すく）めると、おもむろに封筒を開けて中を確かめる。

「……おや？　これは……パンフレット？」

入っていたのは一枚のパンフレットのような紙。

そこには……。

「……『祝福の羽』？」

文字がそう刻まれており、中央にはシンボルマークなのか、純白の翼が大きく描かれていた。

紙には電話番号や住所なども記載されていて、妙なスローガンみたいなものも書かれている。

『子供の幸せを祝福します』

裏を見ると、『祝福の羽』という会社名で、その活動内容が分かりやすく記載している。

「……これが何か？」

さらっと流し読みしただけで、男たちに尋ねた。

「よろしければこれから社長に会って頂けませんか？」

「社長……つまりこの『祝福の羽』のってことですか？」

男がそれぞれ同時に頷（うなず）く。

普通だったら、何とかしてこの怪しい勧誘から逃げるだろう。しかし明確な敵意も感じないし、いざとなったらの対応も用意している。

それにこれはビッグビジネスかもしれないのだ。もしそうなら、このチャンスを逃すのはもったいない。

「……分かりました。そのお誘い、お受けしましょう」

俺が車に乗り込むと、ゆっくりと発進していく。後部座席に座っている俺を挟むようにして男たちも乗っている。どうやら絶対に逃がさないつもりのようだ。

俺は『祝福の羽』について考える。

聞いたことのない会社名だ。どうやら子供のための活動をしているらしいが、だったら何故俺……ていうか武器商人を必要とするのか。

恐らく大鷹さんとの数回のやり取りを知った輩なのは間違いないだろうが、その社長とやらも大量の武器を必要としているということか？

もっとも金になる商談なら、こちらとしてもドンとこいといった感じだが。

……まあいい。すべてはソイツに会ってからか。

とりあえず俺は、その『祝福の羽』の社長とやらから話を聞くことにした。


俺が連れてこられたのは、【里狸川】と呼ばれる河川の上に繋がる橋の上だった。

普段はそれなりに交通量は多いが、今は人気がない場所となっている。

そんな橋の上に、一台のリムジンが停車していた。

どうやら待ち人とやらは、そのリムジンに乗っているとのこと。

俺は案内されながらリムジンへと乗り込む。

そして――『祝福の羽』の社長と対面する。

「このように突然のアポイントメント、本当に申し訳なく思っています」

まず口火を切ったのは、社長らしき細面の男だった。

「封筒の中身を見てもらったのなら分かってもらえていると思いますが、私は『祝福の羽』の社長を務めている鷲山です」

　ビジネスマンといった感じで、ビシッとグレーのスーツで身を固めている。細身だが、意外にも逞しさを思わせる。それはきっと肩幅が広く、思ったよりガッチリしているからだろうか。それに声音は優しげだが、その表情はどこか凄みと冷たさを感じさせる。というより日本人離れした顔立ちだ。

　自己紹介と同時に名刺を受け取る。

　そこには〝グスタフ鷲山〟と記載されていた。

「グスタフ……もしかしてあなたはロシア人の血を？」

「ええ、父がそうで。母は日本人ですよ」

「それはそれは、じゃあ僕と同じロシアと日本のハーフというわけですね」

「その美しい白銀の髪は、やはりそういうことでしたか。何やら運命を感じますね。まあ私の場合は、髪に関してだけは日本の血が濃かったようですが。改めて、グスタフ鷲山です。以後お見知りおきを」

　確かによく見れば、瞳は碧々とした輝きを放っていた。

「ご丁寧な挨拶痛み入りますねぇ。ただできればこういった呼び出しではなく、直に会いに来て頂きたかったですよ」

「それは本当に申し訳ありません。私はそれでも良かったのですが、心配性の部下が多くて。

ここで待つように言われたんです」

まあ、ここならもし俺が何か面倒ごとを起こして逃げようとしても、すぐに捕まえることができるだろう。

橋の中央だし、逃げ道も簡単に塞ぐことができる。

つまりは俺のことを結構警戒しているということだ。

「それなら仕方ありませんねぇ。ここは上司思いの部下さんたちに免じて何も言わないことにしましょう」

「何とも懐が深い方で良かった。良かったらこれをどうぞ。お近づきの印に……円条ユーリ殿」

そう言って高級そうな赤ワインを入れたグラスを差し出してきた。俺はグラスを受け取るが、すぐにそれをテーブルの上に置いて口を開く。

「どうやら僕のことを御存じのようですが……どこでお聞きに？」

「あなたが『平和の使徒』と接触し、彼らに武器を提供していることは知っています」

のっけから直球できた。誤魔化すつもりはないようだ。

「へぇ、つまり商談をこそこそと覗いてたってわけですねぇ」

「それについては謝罪するしかありません。ただ『平和の使徒』というのは我々も注目していた組織でしてね」

「注目？」

「当然でしょう。彼らは命を張って街を守ってくれている者たちです。この街に住む者として感謝していますから」

「なるほどなるほどぉ」

「そんな彼らが、最近ずいぶんと羽振りが良くなった。ああ、この羽振りとは別に金銭的な話ではありません。彼らが持ち得る銃や弾、それに戦闘車両といった……兵器に関することです」

まあ確かに俺と商談する前と今とでは、大鷹さんたちの勢いは確実に変わっている。注目していたというなら、その変わり様に違和感を覚えてもおかしくはないだろう。

「一体いつ、どこで、あのような兵器を手に入れられたのか。それが気になって調査したんですよ」

「何故調査を？」

「簡単です。我々も身を守るために欲しているからです。ただこの世の中、信用もなく、兵器入手のルートを教えてくれと言っても、素直には教えてはくれないでしょう」

「だから『平和の使徒』を監視して、その商談相手を突き止めた。そういうことですか？」

「ハラショー、まさしくその通りです」

コイツ……堂々と言ってるが、やってることは大鷹さんたちにケンカを売るようなことだ。もしバレたら絶対に追及されてしまうだろう。

「まあもっとも、私がしたことが『平和の使徒』に知られれば大目玉でしょうが」

ああ、それは理解できてるんだな。ただのバカじゃなかったようだ。

「しかしそれも理由があるんです。我々の活動には目を通して頂きましたか？」

「……いえ、実際に会って聞こうと思っていましたのでね」

「そうですか。ではご説明しましょうか。我々『祝福の羽』の主な活動内容は、子供の保護に育成です」

「子供の保護に育成……ですか」

そういえばパンフレットにも子供に関することが書かれていた。

「元々私は海外でこの会社を立ち上げたんです。この日本は平和ですが、海外では今もどこかでは戦争が起き、そして悲劇が蔓延（はびこ）っている。私は戦争で親を亡くした子供たち……いわゆる戦災孤児や、貧しさゆえに捨てられた子供を保護し育てているんです」

ふぅ……と、やるせないような表情で溜息を吐き、また彼は続ける。

「戦争は恐ろしい。知っていますか？　戦災孤児は、文字通り泥水をすすり、腐った肉や野菜などを食べて、その日を食い繋（つな）いでいる。彼らに手を差し伸べる大人もいない。ただただ見て見ぬフリだ。私はそんな環境が許せなくてね。だからこの会社を立ち上げ、少しでも子供たちのためになればと」

「ずいぶんと立派なことです。きっと保護された子供たちも感謝してるんでしょうねぇ」

「だったら嬉しいです。ただ……まだ立ち上げて間もない。どうにか資金面などでの支援者を得て、何とかやっている感じですから。それに子供たちにとって一番大事なのは、これから先、生きていけるだけの知識や技術を身に着けること。そのために私は日本にやってきたのです」

「日本に、ですか？　海外ではダメだったと？」

「ええ、ここは平和な国ですから。それに手続きさえ通れば、ちゃんとした教育を受けられ、立派な社会人として生活していくことができる。生活基盤を整えるには、日本が一番だと判断したんです。まあ私自身が日本で育ち、日本が好きだという理由が一番ですがね。そう思い、ここまで来たのは良かったのですが」

その矢先に、世界が変貌してしまったのだという。

「それは不運でしたねぇ。確かに子供を育てるなら日本という判断は間違ってないと思います……が、今はもう日本どころか、どの国も教育うんぬんではなくなってしまいましたから」

「はい。ですが私のもとには、この国に連れてきた多くの子供たちがいる。平和だった日本が、今では無法地帯へと成り下がってしまった。子供たちは毎日不安を抱え怯えています。当然です。いつモンスターと遭遇するかも分からない。また無法者に乱暴される危険性だってある」

「何を仰りたいので？」

「食料などはともかくとして、子供たちを守るためにも力がいるということです」

「なるほど。つまり自衛のための手段が欲しい、と？」

俺の言葉に真っ直ぐ頷くグスタフ。

「僕をここに呼びつけた理由に関しては理解しました。こちらも商売人です。求められれば応える準備だってありますよ」

「それは良かった。ではさっそくリストを見て頂きたいのですが」

そう言いつつ、すでに用意されていたようで、黒いファイルをこちらに渡してくる。

そのファイルが開かれた先にあったリストを見て、思わずキュッと眉をひそめてしまった。

「………自衛のためですよね？」

俺の質問に対し、「もちろん」と短くグスタフが答えた。

「その割には、些か装備過多かと思いますが？」

リストには、それこそ『平和の使徒』が初めに提示したような物々しい武器の数々が書かれている。

別に進んでモンスターと戦うつもりがないのであれば、もう少し穏やかなリストの方が自然だ。これではまるでどこかと戦争でもするかのようで気になった。

「私もまたこう見えて臆病でしてね。それに私のもとには小さな命がたくさんあるのです。あの子たちのためにも、用心し過ぎるということはないでしょう」

確かに言っていることは筋が通っている気はするが……。

この男、何ていうか胡散臭えんだよなぁ。

無論印象でしかないが、大鷹さんと比べると、どこか油断ならない老獪さのようなものを感じてしまう。

「……分かりました。ここに書かれたものをご用意すればいいんですね？」

「！　……問題なく用意できると？」

「武器商人ですから」

一瞬、鋭い眼光が確認できたが、すぐにそれが柔和なものへと変わる。

「それは心強い！　納品はいつ頃になりますか？」

「そうですねぇ。少し数が多いので一週間ほどもらえますか？　一週間後、この場所でお会いしましょう。時間は午後九時で」

「了解しました。いやぁ、これで子供たちを守る矛を得ることができる。とても嬉しいですね」

「あーですがこちらも商売なので」

「はい。理解していますよ。対価には金品が必要だということも。幸いこんな世の中になってしまい、貨幣価値は失われました。なので手元にあるものすべてを注ぎ込んでも痛みません」

それはありがたい。ならこっちも堂々とぼったくれるってものだ。

「これだけのリストだと……軽く二億は超えますよ？　それでも構いませんか？」

「問題ありません」

「……なるほど。そのお言葉を信じましょう」

一応形だけでもそう言っておく。

「できれば今後とも円条さんとは長いお付き合いできればいいですね」

「ええ、僕を潤してくれるお客さんなら大歓迎ですよ」

俺とグスタフは、それぞれ気さくに笑みを浮かべつつ握手をする。

そしてその場で俺は降ろされ、グスタフを乗せた車は静かに去っていった。


すぐに自分の家へと帰宅して思案していた。

もちろん悩みの種は『祝福の羽』……いや、グスタフ鷲山についてだ。

『平和の使徒』という大口顧客を得てから、口コミでさらに商売範囲を広げていくつもりだったので、グスタフという太い客が引っかかったというのは、単純に考えると嬉しいことである。

これでまた大金を稼ぐことができるし、何も考えなければ手放しで喜びたいところだ。

しかし基本的に俺は用心深い。自分から近づく相手ならともかく、寄ってきた相手に関しては、やはり警戒しなければならない。

何故ならまったくもって情報がないからだ。あくまでも相手から得たものしか今は持ち合わせていない状況で、すべての判断を下すのは愚かでしかない。

「とりあえず期間は設けたし、その間に調べるしかないな」

子供たちの未来を守る、というスローガンを掲げる『祝福の羽』。

一見、『平和の使徒』のような、善の組織のように思えるが……。

「やっぱ気になるのは購入リストの件だな」

どう考えても自衛にしては多過ぎる。ナイフやハンドガンなどはともかくとして、機関銃やスナイパーライフル、さらには手榴弾などはやり過ぎではなかろうか？

たとえ手に入れたとしても、普通の人間ではそうそう扱えない代物だ。ちゃんとした訓練だって必要になる。

『平和の使徒』には、元傭兵の大鷹さんという教官にもなれる人がいるからこそだ。

ということは『祝福の羽』にも、そういう経験を持つ者がいる？

そんな大鷹さんみたいな人が、都合良く存在するだろうか？

極端なことを言えば、奴が口にした言葉はすべて嘘で、ただ単に武器を手に入れたいだけの人物ということも考えられる。たださすがにそこまで安直なやり方で騙そうとはしないとは思うが。

「……まあこっちは儲かるし、実際背景なんてどうでもいいんだけどな」

あとは商品を用意したはいいものの、ちゃんと対価を支払えるかどうかだ。

大鷹さんの時は、彼らが金品を大量に確保していることを摑んでいたから客として選んだのである。しかしグスタフの場合は分からない。

せっかく用意したのに払えないでは困るのだ。

二億は大金だ。こんな世の中になり、手段を選ばなければ、そこそこ簡単に得られる金額かもしれない。

単純にＡＴＭや銀行などに侵入すればいいだけだ。実際大鷹さんたちも、そうして金品を得ている。

そんなことをしても、今は咎める者はいないからだ。警察だってダンジョンやモンスターのせいで動けない。

グスタフの言ったように、今じゃ日本は無法地帯といっても過言ではないのだ。

誰もが今を生きるために、自分に必要な行動を取っているだけではあるが。

「ぷぅ……ご主人、結局商売するです？」

「ソル……そうだな、お前に調べてほしいことがある。グスタフ周辺の調査だ。頼めるか？」

「ぷぅ！　お任せくださいです！　ソルにかかれば、そんなことおちゃのこちゃいちゃいなのですぅ！」

お茶の子さいさいだが、まあ……可愛いから良しとしておこう。

俺はさっそくグスタフの調査に出掛けたソルを見送ったあと、とりあえず購入リストに書かれた商品を、〝ＳＨＯＰ〟に入ってチェックだけしておく。

「何事もなく商談が終われば万々歳なんだがな」

なんだか嫌なフラグでも立ってしまった感じはあるが、グスタフの件はとりあえずソルの情報待ちとしておく。

今日は福沢（ふくざわ）家へ戻る予定ではないので、俺はこのまま自宅で夕飯の仕込みをすることにした。

――三日後。

それは昼前だった。福沢家の自室でゆっくりと〝ＳＨＯＰ〟を見ていた俺に、突如窓の外からソルが飛び込んできたのである。

「ご主じぃぃぃぃん！」

ソルはそのまま懐（ふところ）へ突撃してきて、俺は思わず座っていたベッドの上から、勢いそのままに転げ落ちてしまった。

「うっ……痛ってぇ……こらソル、いきなり飛び込んでくるんじゃない」

パシッと軽くデコピンをくれてやると、「あぅ！」と身体（からだ）をのけぞらせるソル。

「うぅ……ごめんなのですぅ。しばらくご主人と会ってなかったからつい……」

定期的に帰ってくればいいものを、ソルはあれからずっと調査に出ていたのだ。仕事熱心で俺は助かるから、あまり怒るに怒れない。

俺は意気消沈するソルの頭を優しく撫（な）でてやる。

「別に怒ってねえよ。それよりも元気そうで何よりだ。ほれ、今朝作っておいたマッシュポテトだ」

《ボックス》から皿に入ったマッシュポテトを取り出すと、ソルは口から大量の涎を垂らしながら目を輝かせる。

そのまま机の上に置いたマッシュポテトにかぶりつくソル。そんな彼女を見ると、その微笑ましさで思わず頬が緩む。

そして食事を終えたソルに、さっそくこの三日で仕入れた情報を聞くことにした。

簡単にいうと、グスタフは俺と別れたあと、ずっとホテルにこもりっきりだったらしい。

二日以上そのまま動きはなく、三日目にようやくグスタフがホテルから出たという。

そのまま後を追っていくと、山道を車で登っていき、山頂付近にはキャンプ場があり、コテージもたくさん連なっていた。

休日なら子供連れの家族で、大いに賑わうのだろうが、今は閑古鳥が鳴いているようだ。

そんな場所に、一際大きい屋敷のようなログハウスがあり、そこで車は停車したとのこと。

グスタフは、そのログハウスの中へと入っていく。

そこはキャンプ場なので、『祝福の羽』の会社ではないことは確かだろう。

なのに何故そこを利用しているのか。誰もいない場所だから、安全のために拠点を移したという考えが浮かぶ。

ソルも気になったようで、もっと近づいて様子を見ることにしたらしい。

だがその時、ログハウスの周りに小さな子供たちがいることに気づいた。

「……子供？」

「はいなのです。まるでログハウスを守ってるかのように、周りを囲んでいましたですよ」

「子供が……守る？」

ログハウスの中に子供がいて、大人たちが囲んで守っているというなら話は分かる。何せ『祝福の羽』の理念がそうだからだ。

しかし実際は子供たちを外に配置したまま、グスタフは悠々とログハウス内で過ごしていた。

俺はそういえばと、前にもらったパンフレットのことを思い出し、そこに記載されていた住所を確認した。

そしてその住所とキャンプ場が一致することに気づく。

裏面をちゃんと読んでいくと、児童保護施設としてコテージやその周辺の土地を活用しているようで、同時にキャンプ地としても開放しているらしい。

またそのキャンプ場は【祝福の村】という名前がつけられている。

だから子供がそこにいてもなんら不思議ではないが……。

「あと気になるのは子供たちの顔なのです」

「顔？　どういうことだ？」

「う～ん……何ていうかですね、覇気がないというか……マネキンみたいな感じで」

「無表情ってことか?」

「それ!　そうなのです!　それに……全然喋らなかったですし」

それからソルは、子供たちを監視してみたが、誰一人としてログハウスの中に入りはせずに、ジッと周りを見回していただけだったようだ。明らかに異質な光景だ。

「やっぱあの男、何かあるな」

「ソルもそう思うです。それに……」

「それに、どうした?」

「何とかしてログハウスの中に入ろうって思ったですが……できなかったのです」

「厳重にロックがかけられてたとか?」

「いいえ。黒いお面をした子にナイフを投げられたのですぅ」

あれは怖かったですぅ……と震えるソル。

「黒い面?」

聞けば、音もなく近づいたはずなのに、いつの間にか近くに黒い面で素顔を隠した子供が立っていて、逃げようとしたところを投げナイフで追撃されたらしい。身長からして子供だと判断したとのこと。男か女かは分からない。

何とか回避して今に至る……ということだ。

それにしても子供が投げナイフ……だって？

どうにもイメージがつかない。このご時世に、そんな忍者みたいな子供がいるだろうか？　もしかして本人は忍者の末裔とか？　ああいやいや、何を言ってんだ俺は。漫画の読み過ぎだろう。

ただ小学生くらいの子供が、ソルの気配に気づいて近づき、投げナイフまで繰り出したのは事実だ。

「これは一旦俺も確認した方が良いかもな。ソル、もう一度向かってくれるか？　今度は俺も近くまで一緒に行く。その方が《念話》で指示が出せるしな」

「はいなのです！」

俺は鳥本の姿で、ソルとともに自室から出て廊下を歩いていると、福沢家の末娘——環奈と出くわしてしまった。

「あっ、ソルちゃんだ！　もう！　今までどこ行ってたのぉ！」

ソルが大好きな環奈だ。しばらく姿を見せなかったので心配していた。

環奈が俺に近づいてきて、そのままソルを腕の中に抱きしめる。

「はぁ〜、このモフモフ感……やっぱいいなぁ。ねえソルちゃん、今から一緒に遊ぼ！」

「ぷぅ⁉　……ぷぅぅ」

どうするの？　的な感じで、ソルが俺を見上げてくる。

「ねえねえ、いいよね鳥本さん！」

これは……断りづらい雰囲気だな。環奈がずっと寂しそうだったのを知っているから余計にだ。それにソルも何だか申し訳なさそうにしている。

……仕方ないか。

「いいよ。ソル、今日は環奈ちゃんと一緒に遊んであげな」

「やったー！　じゃあお庭に行こ、ソルちゃん！」

余程嬉しいのか、ソルを抱きしめたまま一瞬でその場を後にした。

「やれやれだ。……どうしようかこれから」

とりあえずやることもなくなったので、また自室に戻ろうとしたが……。

「──おや、鳥本くんじゃないか」

「？　……これは福沢先生。今日は病院だって聞きましたが？」

そこに現れたのは、福沢家の家長である福沢丈一郎さんだった。

「元々非番ではあったんだよ。ちょっと朝に呼び出されてね。それが終わったから戻ってきたんだ」

「なるほど、そうだったんですね。いつもお疲れ様です」

彼は『現代の赤ひげ先生』と呼ばれるほど、誰にも慕われ、仁術を最も大切にする医者である。子供たちからは『白ひげ先生』と懐かれているのだ。

「そうだ。少し相談があるんだが、いいかね？」

「……はあ、構いませんが」

そうして彼の書斎に招かれ、そこでティータイムがてら話を聞くことになった。

丈一郎さんは、少し重苦しい雰囲気を醸し出しながら口を開く。

「実はね、最近この周辺で子供たちの行方不明事件が頻発しているらしいんだよ」

「……みたいですね。俺もその話は聞きました」

「もう耳に入ってたか。そうなんだよ。その中には、私が以前診察した子もいるようでね。とても心配していて。君は街を散策しているから、もしかしたら見かけたりしているかもって思ってね」

「顔写真とかはありますか？」

保護者に頂いたという、行方不明になった子供たちの顔写真を見せてもらう。その中には、【飛新大学】の掲示板にも載っていた子がいた。

「すみません。少なくとも街中で見かけたことはありませんね」

丈一郎さんが「そうかい」と肩を落とす。他人の子供に、よくもそこまで気を掛けられる。

俺だったら絶対に無理だ。

「今度街に出掛ける際には、少し注意して見回ってみますね」

「ああ、よろしく頼むよ。……ところで環奈の楽しそうな声が外から聞こえてくるが、何をしているのか知ってるかい？」

俺はソルが戻ってきたことを説明してやると、「なるほど」と楽しそうに笑っていた。

「せっかくだから一緒に遊んでくるかな」

そう言いながら俺も誘ってきたが、さすがに親子水入らずを邪魔するつもりはないので丁重にお断りをして自室へと戻った。

第三章 ≫ 善人の皮を被った悪魔

"SHOPSKILL"
sae areba
Dungeon ka sita
sekaidemo
rakusyou da

昨日は環奈の笑顔に押し切ることができずに終わったが、今日はソルとともに『祝福の羽』を調査するべく、例の【祝福の村】へと向かうことになった。

とはいっても、俺まで山に登るつもりはない。麓には広い工事現場があったので、今や無人となっているそこへ入り、詰まれた建材の陰に隠れてモニターを見ていた。

さて、このモニターには現在ソルを中心とした光景が映し出されている。

ソルには《カメラマーカー》というファンタジーアイテムを設置しているのだ。

これは見た目はただの丸くて赤いシールだが、これを貼り付けることで、マーカーを中心にした監視カメラのような映像をモニターで確認することができる。

だから今、ソルのお蔭で上空からの映像を見ることができているのだ。その上で、《念話》が届く範囲にいるので、いつでも指示を出すこともできる。

そうしてソルが、俺と別れて瞬く間に【祝福の村】へと辿り着き、上空を旋回しながら、例のログハウスを視界に収めていた。

「なるほど……ここにグスタフがいるってわけか。にしても……マジでガキどもが見張りしてやがんな」

ソルの言った通り、ログハウスの周囲には、小学生程度の子供が配備されていた。

〝ソル、もう少しログハウスに近づいて子供たちの様子を確認だ〟

俺の指示通りに近づき、子供たちの表情がよく判別できるようになる。

「……どこか機械的で、感情が一切感じられない様子だな」

ソルはマネキンと言っていたが、確かにここまで全員が能面のような顔をしているのは不気味過ぎる。しかも多感であるはずの子供たちなのに、だ。

「……ん？　あの子は……！」

俺が気になったのは一人の子供だ。その子の顔には見覚えがあったのである。ただし面識はない。

何故ならその子の顔は写真でしか見たことがなかったからだ。

そう、まさに昨日、丈一郎（じょういちろう）さんに見せてもらった写真の中にその子がいたのである。

「おいおい、マジかよ……」

他にも確かめるために、ソルに頼んで子供たちの顔がよく見える場所まで移動してもらった。

ただし他には、俺の記憶にある子はいなかった。

それでもこれは見過ごせない事実であることだけは確かだ。

何故行方不明となっている子供が、グスタフの傍にいるのか。

「そういや子供の保護を謳ってたな。……迷子だったところを保護した？」

しかし行方不明者の中には、無理矢理車に担ぎ込まれた者もいたと聞く。となれば誘拐……なのだが。

「攫われたのなら逃げるのが普通だし、犯人だったらそもそも無防備に子供を外に放置しないよな？」

たとえ逃げるなよと脅していたとしても、外で自由にさせていれば何があるか分からない。それこそ隙を見つけて逃げることだってできるかもしれないのだ。

俺だったら、確実に逃げる算段を立てて実行する。だから普通はどこかに監禁しておくが……。

「それなのにここにいるガキどもは逃げない……」

それどころか、警備員のようにログハウスを守っているのだ。しかもその手には、ナイフや警棒などの武器を所持している。

「逃げないってことは、自ら進んでここにいるってことか？　……そんなにここが居心地が良い？」

キャンプ場を見回してみるが、確かにモンスターはいないし平和的ではある。アスレチックエリアや湖などもあって、子供たちが楽しめる場所であるはずなのに、そこにいる子供たちには笑顔がないのだ。これは異常でしかない。

俺はハッと思いつき、《鑑定鏡》を使って、子供たちを鑑定することにした。

すると驚くべき事実が発覚したのである。

「……………洗脳下にある……だと？」

子供たち全員に、状態異常が認められた。

しかも洗脳……つまり、子供たちは正気ではないということだ。

「なるほど。だからあんな能面みたいな顔だったのか」

これでおかしな表情の謎は解けた。しかしそういうことならば、一体何の目的があって、グスタフは子供たちを洗脳し侍らせているのか。

単純にガキが好きな変態……という線もあるにはあるが。

「どうもそんな感じじゃなさそうだよな。ということは……虐待が趣味か？」

《鑑定鏡》を通して分かったことがもう一つあった。それは子供たちの身体には、幾つかの傷痕があること。

古傷も見受けられるが、その中には最近のものもあり、皆が似たような傷が見られる。特に火傷のようなものが目立つ、つまりは子供を傷つけることに快感を覚えるような変質者である可能性がある。

本当のところは分からないが、グスタフが円条ユーリに向かって口にした言葉は偽りであることはハッキリした。少なくとも子供たちに関してだ。

奴は戦災孤児や親を失った貧しい子どもを保護し育成していると言っていた。それは子供たちにとっては救世主のような存在であろう。

そして第三者から見ても素晴らしい人格者であることが分かる。

しかしその実態はどうか。子供たちの意思を奪い、その身体に傷までつけている。これが子供の幸せを願う者のすることか。いいや、絶対に違う。

子供たちの救世主というのは、それこそ丈一郎さんのような人のことを言うのだ。あの人ならば、決して子供を連れ去ったり、傷つけて洗脳したりなんかしない。

「まさかとんだ変質者と関わったもんだな」

グスタフは、子供を支配している。子供を外に放置できるということは、かなり強力な洗脳を施（ほどこ）しているのだろう。

ただ奴の目的が今一つハッキリとしない。本当に子供を傷つけるだけが趣味なら、円条と接触する必要はなかったはずだ。

あれだけ大量の武器を欲していた理由に説明がつかない。

まさかその武器で子供を殺す……なんて楽しみ方はしないと思いたいが。

ただこれで明確になったことはある。

こんな性格の歪み切った奴が、馬鹿正直に商談を成立させるとは思えない。

ここはもう二度と関わらない……のが賢明だろうが、コイツがいれば、この街での今後の武器商人としての商売がやり難くなる。

「ならあの人たちを動かして一掃させるか？」

俺の脳内には、この街ですでにヒーローとして名を馳せている組織が浮かび上がった。

そうだ――『平和の使徒』である。

大鷹さんも、子供の行方不明事件を気にかけていた。しかし手が足りず情報を集められなくて放置のままだったのである。

そんな彼らに情報を与えてやれば、きっと動いてくれるだろう。

彼は口では戦いたくないと言っているが、その胸に秘めている正義感は本物だと思うし、この街や街に住む人々を苦しめる者を決して許しはしないはずだ。

そのためにも、できるだけ詳しい情報が必要のはず。そしてこの情報も、言い値で大鷹さんに売ろう。そして彼らが子供たちを救い出し、邪魔なグスタフもいなくなる。俺の理想形だ。

「そうと決まったらいろいろ準備しておくか」

俺はそのままソルに監視を命じて、何か動きがあったら戻ってくるように指示をし、真っ直ぐ福沢家へと向かった。

「――何だよ、急にお前から呼び出すなんてよ」

　少し警戒している様子の大鷹さんが目前に立っていた。

　ここはいつもの埠頭にある倉庫の中ではなく、周りに誰もいない裏路地である。だからこそ大鷹さんは警戒しているのだろうが。

　彼に《文字鏡》を使って、ここに一人で来るように通達した。ちゃんと言いつけを守っているところを見ると、警戒はしているものの、円条ユーリに扮する俺に対し、そこそこの信頼関係は持ってくれているようだ。

「実はですね、明日……『平和の使徒』とは別口で商談が控えているんですよ」

「……おう、それがどうした？」

　何故わざわざそんなことを自分に対して言うのか分かっていない感じだ。

「その相手は『祝福の羽』っていうんですけど、知ってます？」

「祝福の……羽？　何だそのこそばゆい感じのネーミングは」

「それ大鷹さんが言っちゃいますか？　『平和の使徒』だって、十分に厨二っぽくて――」

「だあうっせえよ！　そこをイジんじゃねえ！」

　顔を真っ赤にして。もう良い年したオッサンなのに、ここらへんはガキみたいな人である。

「いいからさっさと本題に入れや！」

「脱線したのは大鷹さんのせいなんですけど……まあいいですか。その『祝福の羽』っていうのは、子供の保護・育成を謳っている会社の名前なんですよ」

「へぇ、何ともご立派で良いじゃねえか」

「それでその社長に直々に商談を申し込まれましてね」

「……話が見えねえな。何が言いてえんだ？」

「実は…………その社長こそが、例の子供の誘拐事件の犯人の可能性が高いんですよねぇ」

「……は？　え、えと……誘拐事件って、最近起き始めた、あの？」

「ですです。その誘拐事件ですよ」

「マジかよ⁉　一体何の根拠があって！」

「まだ確証はありません。ただその社長……グスタフ鷲山っていうんですが」

「グスタフ……鷲山？」

何か引っかかったような表情を浮かべたので、俺は気になって「どうかされましたか？」と尋ねた。

「いや、何でもねえよ。それより続きを」

「……はい。そのグスタフ鷲山が保護している子供の中に、行方不明者らしき子がいるんです」

「⁉　……マジなのか？」

表情を強張らせた大鷹さんに、「はい」と短く首肯する。

「……けどよ、ただ保護したってだけじゃねえのか？　拉致したって証拠は？」

「ありませんね」

「おいおい、だったら誘拐犯だって証明できねえじゃねえか」

「それを明日……僕が直々に確かめに行きますから」

「……確かめにだと？」

「言ったでしょ？　商談を持ち掛けられてるって。そこでいろいろ探ってみますよ」

「……仮にマジで誘拐犯だったら危険じゃねえか？」

「そうでしょうねぇ」

「そうでしょうねってお前なぁ……」

「そのグスタフ鷲山は、僕と同じロシアと日本のハーフなんですよ。もし本当に誘拐犯だとしたら、同じハーフとして黙って見過ごすわけにはいきません。これからの商売の邪魔にもなりかねませんし」

「相変わらずお前は大胆だよな。俺らの時もそうだったが……。だが明日か……明日はちょうど俺たちも出払ってて手を貸せねえぞ？」

「いえいえ。それで結構です。それに実は本当に良い人ってパターンも残ってますから」

俺はそう言うが、当然信じていない。確実に黒だと疑っている。

あれからグスタフには動きはないが、警備をさせている子供たちの扱いを見るに、とても善人ではないことが分かっていた。

何せ夜もずっと子供たちに見張りを指示していたのだ。簡素な食事と飲み水を与えただけで。間違いなく子供を大切にするような人物じゃない。

「何でわざわざそれを俺に言いにきたんだ？」

「明日の……いえ、明後日でいいでしょう。もし僕が《文字鏡》に無事を報告しなかった場合、きっと僕はもうこの世にはいないと考えてください」

「なっ⁉」

「同時にそれは『祝福の羽』が黒ってことが確定します。ああ、もちろん死ぬつもりはありませんよ？　あくまでも最悪の場合のことです」

「……明後日にしねえか？　それだったら俺たちも何人か回せる」

「あまり時間をかけたくないんです。時間をかければかけるほど、子供たちが危険に晒されますから。もし相手が黒ならば、ですがね」

「それは……むぅ」

「僕の理想は、本当に『祝福の羽』が素晴らしい会社であることですよ。しかし疑念がある。それを払いに行くだけです。ただ万が一という可能性だってあります。もし僕が倒れてしまったその時は……後のことを頼みますね」

俺は真っ直ぐ大鷹さんの目を見て言葉を尽くした。

複雑そうな表情を浮かべる彼だが、溜息を吐くと、すぐにキリッとした顔つきを見せる。

「わーったよ。けど……ぜってえ死ぬんじゃねえぞ？」

「ええ。仮に死んでもただじゃ死にませんて。……ああ、それと」

　俺が大鷹さんに向けて右手を差し出す。

「……何だこの手？」

「結構ためになった情報でしょう？」

「……お前な、まさか今の情報料払えってか？」

「いやですね……」

「だよな。そんなわけ――」

「もちろんその通りですよ」

「…………ぶん殴って良いか？」

「物騒ですねぇ。ほら、《文字鏡》っていう便利な道具も貸してあげてるじゃないですかぁ」

「うぐっ…………ああもう！　ほら、手持ちはこんだけだ！」

　そう言いながら、財布から十万ほど取り出して渡してきた。

「お金、いつも持ってるんですか？」

「お前と会う時は、いつも常に持ってるようにしてんだよ」

「おやおや、それは良い心掛けですね。今後ともご贔屓に～」

「ったく、この守銭奴が」

よしよし、十万円ゲット～。ハッキリ言って一方的な情報だったから売れないかもと覚悟していたので僥倖だった。

「ではでは、僕はこれで～」

「……円条」

「ん？　何です？」

「……死ぬんじゃねえぞ」

最後に激励を受けた俺は、にんまりとした笑顔を浮かべながら、何も言わずに手を振りながらその場を立ち去る。

これで準備は整ったな。あとは予定通り、グスタフと対面するだけだ。

それがどんな結果かは明日になってみないと分からないが、俺の直感は碌でもない結果が待っているような気がしてならない。

とはいっても俺の考え通りなら、どう転んでも俺には大した痛みはない。当然様々な可能性を考慮して、対処しておくからだ。

「グスタフ鷲山……お前の正体を暴かせてもらうぞ」

――翌日。午後九時。

【里狸川】に架かる橋の上には一台のリムジンが停車していた。

一週間前に約束した通り、待ち合わせ時間きっちりに辿り着いた俺は、真っ直ぐリムジンへと向かう。

そしてグスタフの部下に、リムジンの後部座席へと案内され、そこで商談相手であるグスタフと対面する。

「お久しぶりですね、グスタフさん」

「ええ、こちらこそ。お変わりないようで何よりですね」

軽めの挨拶をしてから、さっそく本題に入ることにする。

「さっそく商談なのですが、まずは御用意して頂いたであろう対価を確認させてもらいたいんですが」

グスタフの傍には、大きなジュラルミンケースが二つ置かれている。

それを彼は、リムジンに設置されているテーブルの上に置き、中身が確認できるように開けた。そこには紛れもなく紙幣がギッチリと詰まっていた。

ただし――。

「……ロシア紙幣、ですか」

そう、そこにあったのはロシアで使用されている紙幣――5000ルーブル札の束だった。

「問題ありましたか？　金品なら何でも良いような言い方をされていたので」

「いえいえ、ま～ったく問題ありませんね。先日も申し上げたように、二億分の価値があるものを用意して頂ければ、こちらとしては何でも良いですから」

「……本当にこんなもんで取引されるんですね」

「おかしいでしょうか？」

「まあ……普通に考えて」

確かにそうだろう。今やどこの世界でも貨幣価値なんてザルそのもの。そんなものを欲しがる輩なんて奇人でしかないかもしれない。

「……ではさっそくこのまま向かってほしい場所があるんですが」

「構いませんよ。どこへです？」

「ここから少し西に向かった場所に大型の貸し倉庫があるんですよ」

埠頭にあるものとはまた別の倉庫である。あの場所で取引をしていることは、もうグスタフには知られているので、先回りされて用意した武器などを強奪されないためにも、別の場所を選んでおいたのだ。

俺の指示通り、グスタフの車で貸し倉庫へと向かう。

そこはまるで工場跡のような広い建物で、ドラム缶や巨大な木箱、他にはフォークリフトなども置かれている。そしてそんな中に足を踏み入れたグスタフが感嘆の声を上げた。

「おぉ……これは素晴らしい！　手に取って見ても？」

「ええ、構いませんよ」

倉庫の中には、彼が要求したブツがすべて置かれている。それを見て感動したグスタフが、さっそく本物かどうかを確かめるためだろうか、手に取ってマジマジと観察し始めた。

「……これは本当に凄い。ＭＰ―４４６にＰＰ―93、それにＡＮ―94やＰＫＰペチェネグまで……どれもロシアが誇る銃器だ。この短期間でよくぞここまで……」

他にも様々な自動拳銃や機関銃などが多数用意してある。もちろん弾も含めてである。『平和の使徒』が要求したかのような戦闘車両もあった。

するとパチパチパチと、静かな倉庫内に拍手の音が響く。

「ハラショー！　どれも見事な兵器です！　実は少々用意しにくいであろうものも要求したのですが、余すことなくすべてを揃えるとは驚きです」

どうやら半信半疑なところもあったようだ。まあ中にはもう製造していないはずの武器もあったし、驚愕するのは無理もない話だろう。

たとえもうこの世に存在していなくとも、かつて存在していたなら購入することができるのが俺の《ショップ》スキルなのだ。

「ただこれだけの兵器の数々をどのようにして手に入れられたのか、それが本当に不思議でなりません」

「分かっているとは思いますが、当然それは秘密ですよ？」

「ええ、ええ、そうでしょうとも。どうやらあなたは武器商人として本当に素晴らしい人材のようだ。しかし残念なことが一つある」

　少し声色が変わったので、俺は注目してグスタフを見る。

「……残念、ですか？」

「そうなんですよ。それは……若過ぎるってことですかね」

「若過ぎる……ですか」

「武器商人としては優秀でも、その行動や考えが若過ぎる。それはつまり死の危険が常に傍にあるということ」

「……何を仰りたいのか分かりませんねぇ」

「円条さん、その有能さをどうか私のために使っては頂けないでしょうか？」

「今後もお付き合いするということですか？　それなら対価次第でいつでも……」

「あーいえいえ、そうではなくて。私……『祝福の羽』専属の商人になって頂きたいのですよ」

「それはつまり……他の顧客を取るな、と？」

「顧客をこちらに選ばせて頂きたいということです。あなたは商品を私に卸す。それを私が捌く。そういう契約をしてもらいたい」

「その契約にメリットはあるんですかね」

「こう見えて私は顔が広い。表の世界だけじゃなく……裏もね。それに今のような変わり果てた世界になったことで、よりこのコネは強みを増す。あなたの力を欲する者は後を絶ちません。ですからともに仕事をしませんか？　きっと今以上に稼ぐことができますよ？」

段々と本性が現れ始めたな、コイツ。まあ円条の有能さを見て放置できるような権力者や商売人はいないだろう。

こんな世界だ。食料もそうだが、生き抜くためには武器は必須。そして武器を対価に、様々なものと変換することができるだろう。

時には食料、時には医療、時には権力。

それに兵器の力は絶対的な生存権にもなる。円条を手にしたいのも十分に理解できるというものだ。

「申し訳ありませんが、僕は自由がモットーなので。誰かと一緒に仕事をするつもりはありませんね」

「……何故です？　私とともに在れば、商談相手にも困りませんよ？　この世の中、戦争を望む者は山のようにいますからね」

「一つ言っておきますが、それが子供の幸せを願う者の発言ですか？」

「……ああ、子供ですか。そういえばそうでしたね」

まるでそういう設定だったとでも言っているかのような素振りを見せた。

「円条さん、実は私もまたあなたと同じなんですよ」

「同じ……？　どういうことですかね？」

「────兵器を売る仕事をしているということです」

!?　……兵器を売るだって？

「兵器……ならこの状況は？　兵器を所持しているのであれば、わざわざ僕から買う必要はないんじゃないですか？」

「あぁ、兵器違いですよ。私が売っているのは、あなたのような無機質なものじゃない」

「……はい？」

「あなたも兵器を売る側の人間だ。今日この日を迎えてそれがハッキリと分かった。私と同じ利益を追い求める者。ですから是非ビジネスパートナーとして手を結んでほしいんです。そのために私も……私が売る商品を提示しましょうか」

指をパチンと鳴らすグスタフ。

すると入口からゾロゾロとそいつらはやってくる。

俺はモニターを見ながら息を呑む。何故ならそいつらは、あのログハウスの周りを警備していた子供たちだったからだ。

「子供……ですね。……まさか！」

しかしどうしてここで子供を登場させる必要が……！

そして俺は、ある凶悪な考えに思い当たり表情を強張らせた。

子供たちが、グスタフの後ろで隊列を組む。誰も彼もが無表情のままなので、正直異様な光景でしかない。

「フフフ、お気づきですか？」

グスタフが両腕を軽く広げて続ける。

「ご紹介しましょうか。ここにいるのが我らの兵器――『子供死兵（ジェーチ・アルージェ）』です」

「!?　……やっぱりそういうことでしたか」

想像していた通りの言葉が返ってきた。そして今まで見てきた、グスタフの子供への扱い方に納得がいく。

子供を兵器として育てる。それが奴の目的だったのだ。

そしてその兵器と化した子供を……売る。

それが『祝福の羽』の本来の仕事なのだろう。

何が子供の保護と育成だ。完全に歪み切っていやがる。

「どうです？　素晴らしいでしょう？　いくら武器商人のあなたでも、これらを用意することはできないですよね？」

当たり前だ。さすがに〝ＳＨＯＰ〟にも、子供兵器なんて売ってるわけがないのだから。

「……最近、ここらで子供が行方（ゆくえ）不明になってるって話を聞きましたが、もしかしてあれは……」

「さすがに噂になっていましたか。最近は少々大げさに動いてしまいましたからね。その通りですよ」

「犯罪ですよ？」

「こうして兵器を売っているあなたがそれを言いますか？」

それを言われたら反論できないかもな。そもそも法律が機能していない状況での発言じゃなかったわ。

「じゃあ戦災孤児や親を失った貧しい子供を保護してきたっていうのも嘘ですか？」

「あぁ……それは本当ですよ。海外ではそのお蔭で多くの道具を得ることができました。ずいぶんとそれで稼がせてもらいましたよ」

子供を道具呼ばわりか。どうやら目の前にいる奴は本物のクズのようだ。すでに奴の犠牲者になった子供たちは数限りなくいるらしい。

「じゃあ日本に来たのは？」

それはまだ世界が変貌する手前だったはず。ならどういう理由で日本に来たのかが気になった。

「私の客には、日本人を好む者もいるんですよ。兵器として、暗殺者として売っているといっても、購入した者が兵器として活用するだけじゃないので、ね。まあいわゆる……その未成熟な身体自体を求める輩もいるんです」

……なるほど。つまり兵器としてもそうだが、奴隷……その中でも性奴隷として扱われている子供もいるということだろう。

つまりコイツがやっているのは人身売買ってことになる。

「わざわざ兵器として育成して売らなくても、そのまま子供好きな連中に売るだけでも儲かるんじゃないですかね？」

「確かにそうですね。ですが兵器としての方が高値で売れるんですよ。この世にはね、便利な殺し道具を求める奴らが大勢いるんです」

「……子供たちにどういった教育をしたんですかね？　まるでロボットみたいですね。……洗脳ですか？」

「人を洗脳するってのは非常に難しいってご存じですか？　それは自意識が成熟しているからなんですよ。だが子供ってのは純粋で染まりやすい。未発達の精神は、ちょっとしたことで壊すことができるんです」

「……何をしたんです？」

「企業秘密……と言いたいところですが、まあいいでしょう。簡単に言うと、痛みと薬です」

「痛み？」

「虐待をするんです。それも肉体的なものから精神的なものまでね」

……なるほど。子供たちの身体のあちこちに傷が確認できるのはそういうことだったらしい。

「子供は痛みに敏感で酷く脆い。そこに薬を使って精神力をさらに疲弊させてやれば、あっという間に傀儡人形の出来上がりです。あとは兵器となるべく、拷問にも等しい厳しい訓練をさせる。今では……おい、自分の腕にナイフを刺せ」

一人の子供の頭をガシッと掴んで、グスタフがそう指示を出すと、子供は虚ろな表情のままで、腰に携帯していたナイフを取って、何の躊躇もなく自分の腕に突き刺した。

普通なら当然激痛で泣きじゃくるだろう。大人でも苦悶の表情を浮かべ悲鳴すら上げるはず。それなのに何事もなかったかのように子供は突っ立ったままだ。

「ほら、凄いものでしょう？　痛みすらもう痛みとして感じていない。この状態なら、死ぬその時まで何も感じていないでしょう。だからこそ……兵器として立派に行動することができるんです。まあもっとも、ここにいるのは兵器としては未熟で、胸を張って売れるのは、今は三人程度ですが」

基本的に完成した『子供死兵』はすぐに売り捌くので、手元には最低限の完成品しか置いていないという。

「……いやぁ、驚きましたよ。よもやこのような商売をしているとは。……趣味が悪いですねえ」

「お気に召しませんか？　何なら一人くらい融通しても構いませんよ。これからビジネスパートナーとしてやってくださるなら、ね。さあ、どれでも好きな道具を選んでください」

……マジでイカれた奴だ。さすがにここまでとは思わなかった。

まさか子供を攫って兵器として育成し、各国に売り捌いていたなんて……。

完全な闇組織じゃねえか……。

いろいろコイツの背景を掘り起こそうと思ったが、すでにお腹いっぱいである。真っ黒過ぎて吐き気すらしてくるほどに。

「すみませんがグスタフさん、僕はあなたと手を組むつもりはありません」

「……ほう。理由を聞かせてもらっても？」

「僕も確かに争いの道具を売るようなクズかもしれません。ですがクズにはクズなりの美学ってもんがあるんですよ」

「美学……ですか」

「ええ。その美学を失えば、ただの凡愚でしかない。僕はこの仕事に誇りを持っている。……あなたのやり方は美しくないんですよ」

「……つまり『祝福の羽』はクズだと？」

「はい。救いようのないクズの集まりですね。よっ、クズの中のクズ！　クズ王様！」

「っ……なるほどなるほど。まあ別にクズと言われようが否定はしませんが………ガキに舐められるのは些かイラつくんだよな」

先程のようにまた指を鳴らしたグスタフ。

〝ご主人、上から敵なのですっ！〟

不意にソルからの《念話》が飛んできた。ほとんど反射的に後方へ飛び退くと、目の前に小柄な人影が降り立つ。

「……カワサレタ？」

降り立ったのは全身真っ黒に包まれた人物で、俺がかわしたことが予定外だったような呟きを口にした。

しかしソイツはすぐに床を蹴ると、まさに一足飛びで俺の懐へと迫ってくる。

俺に向かって伸びてくるのは、奴が持っているナイフだ。俺は首に向かってくるそれを防ごうとするが、

「殺すんじゃねえぞっ！」

そこへグスタフの声が響いた直後、ナイフが俺の目の前でピタリと止まった。だが目の前にいる奴の攻撃は終わったわけじゃなく、今度は全身のバネを利かした蹴りが飛んでくる。

それを舌打ちしながら腕をクロスにして防御する——が、その威力は凄まじく、そのまま身体が吹き飛ばされて、後方にあったドラム缶へと突っ込んでしまった。

何つう……馬鹿力っ……！

身体に走る痛みに耐えながら立ち上がろうとする俺だったが、今度は背後から衝撃を受けて組み敷かれてしまった。しかも首にはナイフを突きつけられている。

〝ご主人!?〟

〝待てソル、まだ飛び込んでくるな!〟

俺の安否を気遣ったソルの声。ソルはいつでも俺を守れるような位置で隠れているのだが、できる限り俺の指示なしで出てくるなと言いつけている。

〝で、でもご主人……っ〟

〝安心しろ。グスタフは俺を利用したいはず。そう簡単に殺しはしないさ〟

〝ぷぅ……〟

少し不満気なようだが、俺はそれよりも現状を分析することに集中する。

ソルにさえ攻撃の瞬間まで気配を悟らせず、電光石火な動きで俺に近づき、結果的に俺を組み敷いた存在。

それはネコミミがついた黒い帽子を被り、素顔を隠すように面をつけている小柄な存在である。

コイツ……そうか、コイツがソルの言ってた面の子供か。

確かに小さい。小学生としても通じるほどだ。しかし俺の身体がほとんどビクともしない。

さすがに全力を出せば、《パーフェクトリング》の力もあるので解くことはできるだろうが、言い換えれば全力を出さなければならないほどの相手ということだ。

それに蹴られた腕もまだ痺れている。こんな小さな身体で、この怪力は異常とも言えた。

「よくやった──クロネコ」

身動きのできない俺へと、ゆっくり近づいていくグスタフ。

「紹介するぜ、円条ユーリ？」

言葉遣いも一気に変わった。もう取り繕う必要がなくなったのだろう。

「お前の上にいる奴こそ、この俺の最高傑作──クロネコだ。コイツはすげえぜ？　何せ暗殺者として……兵器としての実績は申し分なし。この俺が手放したくないくらいに優秀な『子供死兵』だからなぁ」

兵器……そうか。暗殺技術を教え込めば、それこそ厄介な暗殺者の出来上がりだ。洗脳されていることで無感情だし、痛みすら感じない。その気になったら自殺だって平気でするだろう。だから非常に使い勝手が良い。多くの闇の組織にとっても多額で売ることができるのだ。

「なあ円条、本当に良い時代になったもんだよなぁ」

「……？」

「力がものを言う時代だ。強い奴が生き残る。兵器＝力だ。俺はいつかこんな時代が来ると思ってた。武力こそが輝く時代だ。コイツらさえいれば、俺は時代の覇者になれる」

「……はは、ずいぶんと夢見がちなんですね。しかも時代って言葉を無駄に使い過ぎ。その語彙力のなさ……本当に社長ですか？　学のなさが際立ってますよ？　平社員からやり直すことを推奨しますねぇ」

こんな状況でも平静を保ちながら挑発する俺を見て、笑みを崩すグスタフ。

「どうやらまだ立場が理解できていないようだ。円条……俺は本当にお前さえその気なら、ともに仕事をするつもりだったんだぜ？『平和の使徒』みてえに、武器を欲する輩も当然いる。どうやって手に入れたか知らないが、お前には数多くの兵器がある。そして俺は『子供死兵』を。そうやって持ちつ持たれつな関係でも良かったってのになぁ」

「……さっきも言ったじゃないですか。あなたと手を組む？　それは僕の美学に反するんですよ」

「なら……こうなる覚悟もあるってことだ」

あろうことか、俺が用意した自動拳銃を顔面に突きつけてきた。

「もしかして最初から僕を殺す予定だったんじゃないですかね？」

「……どうだろうな？　ただこの俺が要求したものをマジで揃えた手腕には惚れ惚れした。だからマジで俺のパートナーにしてやろうと思ったのも確かだ」

奴が俺を勧誘するために、闇の背景を語り出した時から、きっと俺を手放すつもりはないと確信した。

手に入れたならＯＫ。しかし手にできないのであれば……。

「ただやっぱ若過ぎたな、円条」

「……？」

「こうなってるのは、お前の若さゆえってのを理解してるか？」

「へぇ……できれば今後のためにもご教授して頂きたいですねぇ」

「この状況でまだそんな口が利けるのは大したタマだ。いいだろう。お前は若い。考えが浅過ぎる。そもそも武器商人なんて危うい商売をしているのに護衛の一人もつけてないことが馬鹿げてるんだよ。俺の知ってる武器商人ってのは用心深いもんさ。中には直接会うにも何年もかかるような奴だっている。それがお前はどうだ？　自ら直接客と会い交渉する。それもたった一人で、だ。さらに商品を渡す時もそうだ。こっちは多勢にもかかわらず、お前は一人だけ。……闇の商売を舐めてるとしか思えねえ」

グスタフの言葉は決して間違っていない。自分の命を守るためには、必要な用心であろう。何せ扱っている商品は表舞台に出せないものばかりだ。たとえこっちが真摯に向き合っても、相手が素直に向き合ってくれるとは限らない。

実際にこんなふうに掌を返されることだって十分に考えられたはずだ。

「お前にもう少し経験があったら多分、こうもスムーズに命を握られるようなことはなかっただろうなぁ」

「ご高説痛み入りますねぇ。ただあいにく、僕はぼっちで人見知りなので」

「……まだ死なねえとでも思ってんのか？　悪いが……俺のものにならない限り、お前はここで終わりだ」

「強気ですねぇ。すべて思い通りに事を運んだって感じですか？　あ、でも僕を手にできてないんですから思い通りじゃありませんか、あははは」

俺の言い分に不愉快そうに顔をしかめながら、銃口を額に強く押し付けてきた。

「最後に聞こうか。本当に……俺と組むつもりはねえんだな？」

「バカな奴に尻尾を振ったら人生の汚点になるので」

「っ……そうかよ。ならもうお前は用済み――」

「ああそうそう。ところでソレ……使えるんですか？」

「あん？　一体何言って……っ!?　な、何だこれは!?」

俺がソレと示したもの――グスタフが持っている銃だ。その銃が突如としてドロドロと形を変えて地面にべちゃりと落ちてしまったのである。

「ボ、ボス！　他の銃や車が！」

部下の叫びを受け、俺が用意した兵器に顔を向けるグスタフ。

「おいおい、どうなってんだこれ……っ!?」

そこにあった兵器の数々が、泥のような姿になって広がっている。当然グスタフは困惑しているだろう。

それもそのはずだ。彼は手に取って本物だと確信していたはず。それなのに泥でできた偽物だったというのだから信じられないのも無理はない。

俺はモニターを見ながら、慌てふためくグスタフを見ながら鼻で笑う。

もちろんそこに用意したのは本物なんかではない。

アレらは《錬金土》というファンタジーアイテムで作り上げた真っ赤な偽物なのだ。

この土を使うと、まるで漫画に出てくる錬金術師のように、一瞬で実在するものに形を変えることができるのである。

それは見た目そっくりの贋作とも呼べる代物だ。恐らくプロの鑑定士でも見分けがつかないほどに。

しかしもちろんただの土の塊でもあるので、実際に使っても反応はしない。何せただただ精巧にできたハリボテなのだから。

大鷹さんには、グスタフが善人の可能性があると口にしたが、無論俺は微塵もそうは思っていなかった。だから最初から交渉は決裂し、こうなるだろうと踏んでいたのだ。

故にここには《錬金土》で作ったものを置いていた。本物をくれてやるつもりなんかまったくない。

「くっ……ど、どういうことだ円条ぉっ！」

今度は、自分が元々持ってきたであろう銃を、懐から出して脅しをかけるグスタフ。

「ククク……君なんかに、僕の可愛い兵器たちを売るわけがないでしょう？」

「円条ぉぉぉぉっ！」

初めから騙すつもりだった俺の思惑に気づき激昂するグスタフだったが、その引き金を引くことはなかった。

今すぐにでも殺したそうな表情ではあるが、それを我慢している様子だ。

ソルが今も飛び込もうとしているが、俺はしきりに《念話》で止めている。

「……おい、そいつを縛り上げて〝村〟に連れていけ！」

……ほらな。やっぱ殺すつもりはない。

ボスであるグスタフに命令され、クロネコが部下の男たちと一緒にロープで俺の手足を拘束した。

そして部下たちに担がれ、リムジンではなく部下たちの車へと運ばれていく。

「こうなったら何をしてでも、必ず兵器確保のルートだけは吐かせてやるっ」

殺さないのは、俺の持っている情報を聞き出すため。拷問でもして吐かせようと思っているのだろう。

それだけ俺の持つ情報には魅力がある。逆の立場なら俺もあっさりと殺したりはしない。何せ金の卵を産む価値のある情報なのだから。

俺は外に運ばれながら周囲を確認し「……ここなら大丈夫か」と呟く。

そして、あるアイテムを起動するためのキーワードを口にする。

「――スイッチ」

その言葉と同時に、俺の視界が一瞬で変化した。そこは周囲に誰もいない建物の屋根の上。

そこから眼下を覗く（のぞ）と、大きなものを担ぎながら倉庫から車へと移動していた男たちが目に映った。

しかし男たちは、何か違和感を覚えたようで足を止めている。

「お、おい、今一瞬コイツが消えなかったか？」

「ああ？　何言ってんだ、そんなわけ……って、おい、コイツの身体（からだ）に何か巻き付いてねえか？」

「え？　何かって……っ!?　お、おいコレって――」

男たちが困惑しているのを見たあと、俺は冷徹（れいてつ）な表情のまま、手元にあるボールペンのような形をしたスイッチを――押した。

直後、男たちが担いでいた物体を中心とした半径二十メートル程度を巻き込んだ爆発が起きたのである。

その爆風と火炎は、倉庫の中にまで飛び込んできて、グスタフや子供たちにも若干（じゃっかん）ではあるが襲い掛かった。

ただ吹き飛ばされるほどではない。その風圧で身体がよろめくくらいだ。

それでも炎の熱量は凄（すさ）まじく、

「こ、今度は一体何が起きたっ!?」

熱そうに顔を歪めたグスタフの怒号に似た叫びが響き渡る。そして彼は、現状を確認するために、すぐに倉庫の外へと飛び出してきた。

そこには俺や、俺を運んでいた部下の姿はなく、近くにあった車も爆風で横たわってしまっていた。

「な、なななな……っ!?」

せっかくの獲物である俺、そして手駒(てごま)となっている数人の部下を一度に失ったことで、明らかに動揺(どうよう)を見せている。

俺はそんなグスタフの表情を見ると、思わずクスリと笑みが零(こぼ)れてしまった。

「一応……計画通りだな」

今の爆破も計画の一部だった。

俺は以前購入した《スイッチドール》を、この屋根の上に配置しておいたのだ。

その身体に〝爆弾〟を巻き付けて。それは俺が手にしているスイッチで、いつでも起爆することができた。

さすがに子供たちが近くにいたので、グスタフを巻き込むことはできなかったが、それはまあいい。

当初の予定は、交渉が決裂した際に、奴に円条ユーリという存在がこの世から消えたという事実を植え付けておくこと。

円条が生きたまま逃げてしまえば、必ず探し出そうとするだろうから。または円条の報復を恐れて、この街から出ていく可能性もあった。探されるのは鬱陶しいし、できれば奴にはこの街で大人しくしてほしかった。この後の計画のためにも。

故に上手く奴の部下だけを巻き込めただけで良かった。死んだ連中に対しては、グスタフのしていることに加担しているのだから同情の余地はない。

火の手が上がったことにより、当然ここに人が集まってくる危険性がある。そう考えたであろうグスタフは、すぐに子供たちを引き連れて、その場から去っていった。

「ご主じぃぃぃぃんっ！」

そこへ俺の顔面に飛び込んできた奴がいた。——ソルである。

「無事で良かったのですよぉ～！」

「はは、だから言っただろう。ちゃんと準備してたから大丈夫だって」

俺は泣きじゃくるソルの身体を撫でながら安心させてやる。

あのクロネコという奴に関しては想像以上だったが、概ね計画通りに遂行することができた。

「……ふぅ。さてと……あとは元戦いのプロに任せますか」

※

「…………………はぁ」

大鷹蓮司（れんじ）は、このいかつい見た目に似つかわしくない手鏡を見つめながら生温かい息を吐き出していた。一見するとかなり不気味な光景に見えるだろう。

そしてそんな俺を見つめているのは、迷彩服を着た複数の男たちだ。

「おい、ボスってば、今日の朝から元気なくね？」

「あ、ああ……しかもあの手鏡を見ながらずっと溜息吐いてるしな」

「まさか今更自分の顔が強面（こわもて）なことにガッカリしてるとか？」

「いやいや、もしかしたらアレは奥さんの私物で、どこか壊しちまってどうやって直そうか考えてんじゃねえの？」

「なるほどなぁ。でも俺は大穴狙いだ。アレはずばり、自分の顔を見て『ああ、なんて俺の顔は綺麗（きれい）なんだ』ってうっとりしているんだよ！」

「「「いやいや、それはない」」」

最後の意見だけは、全員で声を揃えて否定した。

「てめえらぁ、聞こえてっからなぁ！」

アイツらの言葉は、この俺の耳にちゃんと届いていた。

男たちの多くは、怒られると思って震えているが、その中の一人が勇気を出して、「じゃ、じゃあそれ何ですか？」と尋ねてきた。

「……これは……って、言っていいのかねぇ」

「はい？」

「……まあいいか。別に禁止されてねえし。この手鏡はよ、《文字鏡》って――」

俺は円条からもらった手鏡の説明をし始めた。

ここは『平和の使徒』が憩い（いこ）の場として使っている元はバーだった場所だ。カウンター席に座っている俺の話を、仲間たちが静かに聞いていた。

ただ誰もがその性能を聞いても半信半疑で、本当にそんな手鏡で連絡が取れるのかといったところだ。

「俺も最初はそう思ったけどよぉ。アイツとはこれで連絡取り合ってたんだよ。けど……今日連絡するって言ってたのにこなくてよぉ」

「ボス、まるで恋する乙女（おとめ）のようですね」

「よーし、直立不動で歯を食いしばれ！」

「す、すみませんっ！」

「ったく……実はな――」

俺は、昨日に円条から聞かされた話を皆にした。

「――はぁ。つまり円条から連絡がないってことは、アイツは殺された可能性が高いってことですか？」

「おいバカ、ストレート過ぎるぞ！」

注意をしたのは俺ではなく、他の奴だった。

「別に構わねぇよ。ただなぁ……アイツがそう簡単に死ぬとは思わなくてよぉ」

そう思うことに理屈はねえ。ただ何となく……っていえばそれまでだ。

しかし無理矢理理由をつけるとするなら、それはきっとアイツが俺の尊敬する人と雰囲気が似ているからだろう。

言動なんてまったくもって違うのに、何故か本質というか根本の部分が似通っている気がしたのだ。だからそう簡単に殺されるとは思えない。

「そうっすよねぇ。まだ若いけど、妙な雰囲気持ってて、殺しても死にそうにない感じっすからね」

「そうそう、ボスと対峙しても少しも怯えたりしませんし。あーでも自分の身体にダイナマイトを巻き付けるようなイカれ具合も持ってますからねぇ」

仲間たちの言葉に「そうだな」と軽く頬を緩める俺。

「けど連絡がねえってことは、少なくとも連絡できねえ状態だってことだ」

「じゃあどうするんです？　その……例の子供失踪事件の犯人を追うんですか？」

「円条曰く、自分が死んだら、その……何ていったっけか。確か……『祝福の羽』？　その会社の社長が黒幕ってことなんでしょ？」

「俺も最近の子供失踪事件に関しては気になってたんですよ。ボス、もしやるなら俺は手伝いますよ！」

　仲間たちが次々と「俺も俺も」と参加の意を表明する。

「お前ら……いいのか？　相手は人間だ。モンスターを狩るわけじゃねえんだぜ？」

「そんなこと百も承知ですよ！　それにここは俺たちの街です！　勝手なことは許しておけません！」

「おう！　『平和の使徒』は困ってる者を見捨てない組織ですからね！」

「ボス、俺らはいつでも覚悟はできてるんすよ！」

　頼もしい言葉が仲間たちの口から放たれる。

　彼らの強い意志を受け取り、俺は深く呼吸をした。

「……お前らの気持ちは分かった。それに俺らは、円条のお蔭で曲がりなりにも戦っていけてた。そんなアイツを殺したってんなら放置はできねえ。そしてもちろん、本当に子供たちを攫ったのが『祝福の羽』なら、必ず無事に救い出す。いいな、お前ら！」

「「「「イエッサーッ！」」」」

「よし、ならまずは情報収集だ。頼むぞ」

　すぐに仲間たちが動き出す。こういう行動も大分慣れたものだ。少し前までは、普通にサラリーマンをしたり、自営業で生計を立てていたような奴らだが、今ではもう立派な兵士である。

　それは喜ばしいことでもあるが、複雑な気持ちでもあった。だって生きるためや誰かを守るためとはいえ、その手を血で汚すことだってあるのだから。

「そういえば社長の名前……グスタフ鷲山って言ったよな。グスタフ……か。それに鷲山……鷲、か。まあアイツがここにいるわけもねえか」

脳裏(のうり)には、ある人物が浮かび上がっていたが、その可能性は頭を振って追い払った。

しかし俺のその勘が的中していたことを、数日後に知ることになるのであった。

※

グスタフに関して、すべてを大鷹さんたちに任せた俺は、普段通り鳥本(とりもと)の姿で街を散策しながら仕事相手を探していた。

ソルもまた手伝うと言って、幼女の姿で傍にいる。

前に向かった【飛新(ひしん)大学】の近くを歩いていると、ソルが突然「あ!」と何かを発見したかのような声を出した。

俺が「どうかしたか?」と尋ねると、ソルが「あそこに!」と言いながら指を差す。

見るとその先には、十代前半くらいの一人の少女が立っており、ジッと自動販売機らしきものを見つめていた。

その少女に向かって、嬉しそうに「ぷぅぅぅぅ～!」と声を上げながら駆け寄っていく。当然ソルに気づいた様子の少女だが、ソルを見て軽く目を細めた。

一体何故ソルがそんなに興奮しているのかと思いながら、俺もソルのあとをついていく。

「あの時、ソルを助けてくれた子ですよね！」

ソルの言葉でなるほどと得心した。

「ご主っ……お、お兄ちゃん、この子が前に大学ってとこでソルを助けてくれた子なのですよ！」

「そうだったのか。えと……俺は鳥本健太郎っていうんだ。この子はソル。前にこの子を助けてくれたようで、ありがとうね」

「別に……たまたまデス」

ずいぶんと無感情に喋る子だな。

そう思いつつも、ソルを助けてくれたのは事実だから感謝している。

「あの時はありがとうございましたですぅ！」

「だから気にしなくていいデス」

「良かったらお名前教えてほしいのですよ！」

「…………クークラ」

「クークラ……じゃあクーちゃんですね！」

本当にソルのこのコミュ力は凄まじい。どんな相手でもグイグイいく感じ。俺にはできない。

もちろん素の状態では。

それにしてもこの子……綺麗な子だな。

肌が雪のように白く、瞳もブルーサファイアを嵌め込んだように美しい。そして陽光を浴びてキラキラと輝く銀髪は特に目を惹く。

ところどころイントネーションがおかしいのは、彼女が日本人ではないからだろう。しかしコミュニケーションを取れるくらいは喋れるようだ。

「クーちゃんはここで何をしてたんです？」

するとクークラが、ソルから視線を自動販売機へと移す。

それは飲み物が売られているものではなく、お菓子やパンなどが置かれた特殊な自動販売機だった。

その時、くぅぅぅぅ……と、可愛らしい音が鳴る。

見るとクークラの腹からしているようだが、次いでソルの腹からも同じような音が響いた。

「ぷぅ～……お、お兄ちゃん」

目は口ほどにモノを言うがごとく、ソルが上目遣いで俺を見つめてくる。

間違いなく買ってほしいということなのだろうが……。

「ソル、電気が通っていないし、この自動販売機じゃ買えないぞ？」

ダンジョン化の影響からか、現在電気やガスなどのライフラインが止まってしまっているのだ。当然こういった便利な機械も利用できなくなっている。

それに買えても、もしかしたら消費期限も切れているかもしれないしなぁ。

お菓子はともかく、パンの寿命は短いから。

「……あ、そうです！　ねえお兄ちゃん！　お兄ちゃんの作るお菓子を、クーちゃんにも食べさせてあげたいです！」

「は？　いやでもなぁ……」

そんなこといきなり言われても困る。それにクークラにだって家族はいるだろうし、見知らぬ他人の家に来るとは思えない。

「ね、クーちゃん！　お兄ちゃんの作るお菓子はと～っても美味しいですよぉ！」

「……美味しい……それって甘いデス？」

「もっちろん！　それはもうお口がとろけるほどですぅぅ～」

そんなソルの言葉を受けて、驚くことにクークラが期待を込めた眼差しを俺に向けてきた。

「あーいや、でもほら……勝手に連れていくわけにはいかないよ。クークラちゃんにだってお母さんやお父さんがいるだろうし、心配してしまうだろ？」

ソルは「そ、それもそうかもです」と見るからに意気消沈してしまう。

だがそこへ、クークラが「問題ないデス」と言ってきた。

「ど、どういうことかな？」

「親は……いませんデス」

「え？　……もしかして」

俺は彼女の言葉から、ダンジョン化の被害に遭ってしまった想像をした。住んでいた家がダンジョンと化し、モンスターあるいは罠によって両親を失ってしまったという悲惨な想像を。

「……クークラちゃんは今どこに住んでるんだい？」

「たくさんの人がいる場所デス」

それは恐らく【飛新大学】のことだろう。そこでソルと会ったという話だから。

俺は彼女の境遇に少し同情した。しかし他人だし普通なら放っておく。ただ彼女はソルの恩人でもある。

「……もし良かったらだけど、これから家に来るかい？　ソルを助けてくれたお礼に、お菓子をご馳走するよ」

この程度しかできないが、これでソルも喜んでくれるなら別にいいだろう。

「わぁ！　ありがとうなのですぅ、ご主人！」

そう言いながら満面の笑みで抱き着いてくるソルだが……。

「……ご主人？」

当然クークラは疑問に思うことだろう。

「あっ、え、えと、そそその……っ」

「あはは、こらソル、また漫画の影響が出てるぞ？　ごめんね、クークラちゃん。今コイツ、執事ものの少女漫画にハマっていて、度々それにつられた言葉遣いになるんだよ。だからあまり気にしないでやってくれ」

「……了解デス」

どうやら納得してくれたようだ。ったくソルの奴、もし目の前にいるのが警察だったら事案だったぞ。

こうして俺たちは、クークラにご馳走するべく、俺の自宅へと向かったのである。


「……とまあ、家に来たはいいが……何を作るかな」

俺はキッチンで、まるで雛鳥のような顔で立ち尽くしている二人の少女たちを見やる。

「ハイハイハーイです！　ソルはマッシュポテトがいいのですっ！」

「はい、元気があってよろしい。けどマッシュポテトはお菓子じゃないぞ」

「…………はっ!?　そうだったですぅ！」

ああもう、この可愛らしさは天下一品だろう。

「クークラちゃんはどんなお菓子が好きだい？」

「…………甘いパン」

どうやら彼女は日頃からパンを好んで食しているらしい。

でもなるほど。あの自動販売機を見ていたのは、お菓子というよりはパンの方だったようだ。

「じゃあそうだなぁ……」

俺はクークラの銀髪に目が向かい、不意にある食べ物を思い浮かべた。

作るものを決めると、ソルたちも一緒に手伝いたいというので、二人に手を洗うように伝えた。

水道も止まっているが、《ショップ》スキルで購入したペットボトルの水が幾らでもあるので、それを使ってもらう。その間に俺は、クークラに見られないように棚から食材などを取り出すフリして《ボックス》から食材を取り出しテーブルの上に置く。

二人が仲良さげに手を洗っている光景を見ると、まるで姉妹のように見えた。ソルも人間の姿でこうして親しくできる友人なんていなかったから嬉しいのかもしれない。

そうして二人は、俺が用意した小さなエプロンをつけて準備完了する。

「ご主……お兄ちゃん、何を作るのです？」

小さい子供たちに手伝ってもらうのだから、できれば手軽にできるものが良い。ということで……。

「今から作るのは――蒸しパンだ」

「むしぱん？　それって美味しいです？」

ソルはまだ食べたことがないので分からないだろう。

「美味いぞ。それにチョコ味とココア味を作るつもりだからな」

チョコはソルも大好きなので一気に嬉々とした表情を見せるソル。

「んじゃ、さっそく二人に手伝ってもらうぞ」

俺はテーブルに置いた、ホットケーキミックス、チョコレートドリンク、牛乳、水、サラダ油を彼女たちに説明する。

「材料はたったのこれだけだ。よし、君たちにはこれらをボールに適量を入れてからしっかりと混ぜてもらうぞ」

ソルは元気良く返事をし、クークラはコクコクと頷いている。

そして二人にはそれぞれチョコ味とココア味とに分けたボールで作業をしてもらう。

「んしょ、んしょ、んしょ、んしょ」

「ん、ん、ん」

ソルとクークラが一心不乱にボール内の具材をかき混ぜている。本来は泡立て器を使うが、敢えて二人には手をひっきりなしに動かすしんどい方法を取らせた。

まあ必死感があった方が、出来上がりがより一層美味しく感じられるからな。

「……ソル」

「んぁ？　何です、クーちゃん？」

「鼻についてるデス」

「ほえ？　……あ、ほんとです」

「動かないでくださいデス。……はい、取れました」

クークラが、ティッシュでソルの鼻についた汚れを拭いてやり、ソルがにんまりとした表情で「ありがとです！」と礼を言う。

本当に姉妹みたいで、見ていて微笑ましい。

さて、俺は俺で作業するか。

俺も見ているだけじゃ暇なので、別の作業に入ることにした。

そうしてしばらくすると、混ぜ終わったようでソルが声をかけてくる。

「それじゃ今度は、その混ぜ合わせたものをこの型に流し込むんだ」

俺は二人に、シリコンカップに八分目くらいまで入れるように教える。

「わわっ、零れちゃったのです！」

「……！　こっちも失敗したデス」

「よ、よーし、次は上手くやるですよぉ」

「……ソルには負けないデス」

競い合うように、二人が楽しそうに具材をシリコンカップへ流し込んでいく。

全部流し終えると、最後に俺が用意したカセットコンロにセットした蒸し器を使って、具材を入れたシリコンカップを蒸していくだけ。

「もうこれで終わりですか、お兄ちゃん？」

「15分程度待てば完成だよ」

まあ正しくは適時に竹串を刺して、ねっとりとしたものがつかないようになったら完成だ。

「パンって結構簡単に作れるんですね！」

「……驚き」

「ははは、まあ手順がややこしいものもあるけど、今回のは初心者向けみたいなものだからなあ。でも二人とも、ちゃんと上手くできてたと思うぞ」

「ぷぅぅ～、褒めてもらったのですぅ！」

ソルは感情を素直に表に出すから分かりやすいが……と思いつつクークラを見ると、彼女もどこか照れ臭そうに眼を細めていた。

そうして二人が作ったパンが完成し、いよいよ蒸し器の蓋を取る。

「おお～！　ん～、と～っても良いニオイがするのですぅ！」

目を輝かせて、湯気の溢れる蒸し器の中身を覗き込むソル。同時に腹の虫が鳴っている。ただしそれはクークラの方も同じようで、今すぐにでも手を出しそうなほど中身を凝視していた。

「うん、形もバッチリだしＯＫだな。じゃあ二人とも、皿を用意してくれるかい？」

俺の指示に二人が同時に返事をして皿を食器棚から出してくる。そこに蒸しパンをそれぞれ置いてやる。

「じゃあさっそく一つ頂くとするか」

「ハーイ！　いただきまーす！」

三人が一緒に、まずはチョコ味の蒸しパンにかぶりつく。

「はふ……ちょっと熱いけど、この出来立てがたまらないなぁ」

チョコの味と香りが口内いっぱいに充満し頬が落ちる。これは子供には大絶賛ではなかろうかと二人を見ると……。

「めっちゃめちゃ美味しいのですよぉぉ～」

ソルは喜色満面で口元を汚し、クークラに至っては、ただただ無言で夢中に貪っていた。

どうやら二人とも満足しているようだ。

次にココア味だが、こちらはビターな感じでほろ苦さも少しある。けれどチョコとはまた違った甘味があり、俺はこちらの方が好みである。

「ソル、せっかく天気が良いんだから、縁側で日向ぼっこしながら二人で食べてきたらどうだ？」

「いいのです⁉」

「ああ、いいよ」

「ぷぅ～！　クーちゃん、行きましょうですぅ！」

ソルが嬉しそうにクークラの手を引いて、縁側へと連れ去っていった。

俺はその間、まだ残っていた作業を開始する。

そして作業を終えると、二人がいるであろう縁側へと向かった。

「あれ？　ソルの奴……寝ちゃったのか」

縁側に座っているクークラの膝枕で、ソルは気持ち良さそうに寝入っていた。

俺はソルとは反対側へと座る。

「ごめんね、ソルが迷惑かけて」

「……問題ないデス」

本当に言動は素っ気ない。でも嫌がっている様子は見受けられない。

「お詫びにこれ、どうかな？」

そうして持ってきた皿を、クークラに差し出す。

「……これは？」

「これも一応パンなんだ。知らないかな……ピロシキっていうんだけど」

言わずとしれたロシアが誇る伝統的な総菜（そうざい）パンだ。

ソルたちが作っている横で、俺もこれを作っていたというわけである。

「ピロシキ……ッ⁉」

その時、ジッとピロシキを見つめていたクークラが、一瞬顔をしかめたように見えた。

「どうかしたかい？」

「……何でもありませんデス。少し……頭痛がしただけなので。もう……治まりましたデス」

もしかして体調でも悪いのだろうか？

だが本人が大丈夫と言っているし、顔色もそれほど悪くないので問題ないと思う。

「中身の具は作り手によって様々あるけど、今回は牛ひき肉をメインにしたオーソドックスなものにしてみたよ……って、もう食べてるんだね」

見れば彼女はすでに一口かじっていた。

「……んぐ…………美味しぃデス」

「それは良かった。口に合わなかったらどうしようかと思ったよ」

彼女がどこ出身かは知らない。ただ髪色から、もしかしたらロシア出身かもと思い作ってみた。ただ反応を見ると初体験みたいだが……。

「美味しい……それに、何だかとても懐かしい感じがしますデス」

まあ初体験でもそうでなくても良い。ソルを助けてくれた礼になったようで何よりだ。

俺もピロシキを手に取りながら、ここに来る前に持ってきた本を開く。

日向ぼっこをしながらの読書はまた格別だ。

するとクイクイッと袖が引っ張られる感触があったので確認すると、クークラがジッとこちらを……いや、本を見つめていた。

「それ……何デス？」

「ん？　この本かい？」

だが彼女が頭を左右に振ると、ビッと指を差してくる。その先には――。

「ああ、もしかしてこの栞かな？」

本に挟んでいた栞が気になったようだ。

「これは栞といって、こうして挟んでどこまで読んだか分かるようにするものなんだよ」

俺がそう言いながら栞を手渡してやった。

「……変な草が貼られているデス」

「変な草って……もしかして四つ葉のクローバーのことを知らないのかい？」

「ヨツバのクローバー？」

栞には四つ葉のクローバーを押し花にしている。

「普通は葉が三つ。三つ葉なんだけど、稀にこんなふうに四つの葉になっているものがあるんだ。だからそれを見つけた者には幸運が宿るっていわれてるんだよ」

「幸運……」

何やら食い入るように見ているが、どうも初めて目にしたようだ。

「良かったらあげるよ」

「！　……いいのデス？」

「うん。お近づきの印ってことで、ね」

「…………ありがとうございマス」

　相当気に入ったのか、彼女はピロシキを食べながらずっと栞を眺めていた。

　それからすぐにピロシキのニオイにつられて起きたソルが、二人だけズルイと言って、結局三人で縁側に座りながら食べることになった。

　その後、クークラが帰るというので、大学まで送ることにした。

　クークラは一人でも帰ることができると言ったが、最近子供が行方不明になる事件が多発していることもあり、さすがに一人で帰らせるわけにはいかない。

　そして大学の前まで俺たちはやってきた。

「クーちゃん、また一緒に遊ぶですよ！」

「……機会があったらデス」

　ソルは名残惜しいのか、クークラの手を握りながらブンブンと振っていたが、少しして諦めたように手を離した。

　だがその時、少し遠めに見たことのあるような黒塗りの車がゆっくり走っているのを確認した俺は、まさかと思い警戒する。

　俺は一応忠告ということで、クークラに声をかけることにした。

「クークラちゃん、これからは一人であまり外に出歩かないようにな」

「？　どうしてデス？」

「世の中は危険がいっぱいだからさ。悪い人だっているしな。君に何かあったら、この子が悲しんでしまう」

ソルの頭に手を置きながら言うと、クークラもソルの顔を見て納得したように深く頷(うなず)いた。

そして俺たちはクークラが見送る中、その場を離れたのである。

※

日呂(ひろ)たちと別れ、一人になったクークラだったが、ポケットからあるモノを取り出して視線を落とす。

それは日呂（鳥本健太郎）からもらった四つ葉のクローバーの栞だった。

するといきなり突風が吹き、手に持っていた栞が空へと運ばれていく。

慌ててクークラは追いかけ、大学の正門から少し離れた路地へと辿(たど)り着く。

キョロキョロを周囲を見回し、地面に落ちている栞を見て駆け寄り栞を拾う。

どことなくホッとした表情を浮かべる彼女だったが、そんな彼女の前に一台の車が停車した。

そこからゾロゾロと黒スーツの男たちが降りてきてクークラを囲む。

さらに車からは、おかっぱ頭をした鋭い目つきの男が降りてきて、おもむろにクークラの目前へと立つ。

四方を囲まれ逃げ場を失ったクークラは、ただただ男たちの中で突っ立っていることしかできなかった。

第四章　『平和の使徒』の大敗

"SHOPSKILL"
sae areba
Dungeon ka sita
sekaidemo
rakusyou da

「――――なるほど。とうとう奴らが動き出したか。想定よりは早いが……まあいずれとは考えていたしな」

　キャンプ場の一画に存在するログハウス。その中の書斎にて、ワタシの主である『祝福の羽』の社長――グスタフ鷲山が、グラスに入れられたテキーラを飲みながら喋っていた。

「それにしてもさすがだよクロネコ。暗殺技術もさることながら、諜報役としても見事だ。お前に任せれば、私は常に安全圏に立っていられる」

「……アリガトウゴザイマス」

「引き続き任務に当たれ。奴らが攻めてくる気配があったら知らせろ」

　ワタシは「ハイ」と答え、そのまま踵を返そうとするが、

「ああ、そういえば例の薬のストックがもう切れると言っていたな？」

「……ハイ」

　主が机の引き出しを開け、その中にあったステンレス製の小さな箱から、緑色の液体が入っ

た細長い注入器を取り出す。

「ほら、持っていけ」

「アリガトウゴザイマス」

ワタシは注入器を受け取ると、パーカーのポケットにサッと突っ込んだあと、そのまま部屋を出た。

そしてログハウスの外へと出ると、周りを警備している子供たちの姿が目に飛び込んでくる。

ほとんどが海外で主が保護した子たちだが、中にはこの日本という国で保護した子供もいた。日本で一番最初に保護した子らしい。

ワタシはクロネコ。あの子たちと同じように主に保護され育ててもらった。昔のことはよく覚えていない。ただ一人で辛い思いをしていた記憶だけは残っている。

そしてそんな辛さから解放され、自由を与えてくれたのが主だ。だからワタシは主のために頑張る。言いつけを守り、主が喜ぶことをするのだ。

「……ソウスレバキット……幸セニナレル」

主に言われた言葉。幸せって……何だろう？

嬉しいこと？　楽しいこと？　面白いこと？

嬉しいってどういうこと？　楽しいってどういうこと？　面白いってどういうこと？

主は言う。幸せというのは、主が笑顔になることだと。

だからワタシは常に追い求めている。幸せというものを。それがワタシの義務だと主は教えてくれたから。

ワタシは周囲を警戒しながらログハウスを離れ、すぐ近くにあるコテージへと向かっていく。

そのコテージは、中からは出られない密室になっている。ワタシは持っている鍵で扉を開けて中へと入る。

すると部屋の奥から子供の泣き叫ぶ声が聞こえてきた。

悲痛な響きがこだましている。中で何が行われているのか、それはワタシ自身よく分かっている。

ワタシはさっきポケットに入れた注入器を取り出してジッと見つめた。

これはワタシの生命線。これがなかったらワタシは主のために動けない。

そう、ワタシは主の道具だ。優先すべきは主の命令。それがクロネコとしての使命なのだと、そう言い聞かされて育った。

そこで目の前の扉が開く。中から出てきたのはおかっぱ頭をした目の鋭い男。

中国の人で、名前は狗飛といった。主の信頼が厚く、子供たちの教育を一任されている人物である。

「ん？　クロネコか。何しに来た？」

まるで咎めるような言い方だ。その声音だけで、大抵の子供は怯えてしまうだろう。

「……死体ハ？」

「ああ、今日は一人だ。中にいるからさっさと掃除しておけ」

「……了解」

　ワタシは返事をしてから中へと入る。

　するとそこには大きな檻が設置されていて、中には大勢の子供たちが詰められていた。全員が身を寄せ合って震え上がっている。

　そんな子供たちを一瞥すると、ワタシは部屋の奥で人形のように動かなくなっている血塗れの子供を発見した。近づいて脈があるか確かめる。

　……………死んでる。

　狗飛の教育はワタシも幼い頃に受けた。よく覚えていないが。いや、ワタシだけじゃない。現在外で活動している子供たち全員が、だ。

　しかしこの教育は非常に辛いものであり、中にはこうして耐え切れずに死んでしまう者もいる。

　その中で死なずに生き残った者こそ、有能な兵士として主の道具になることができるのだ。

　つまり死んでしまったということは、この子は幸せを摑めなかったということだ。

「……死ヌッテ、ドンナキモチ？」

　思わず事切れた子供の頬に触れながら声が出てしまった。最早答えが返ってくるわけでもないのに。

ワタシはその子を横抱きに抱える。

……軽い。

まだ六歳くらいだろうか。軽いに決まっている。

「うぅぅ……もうやだよぉ」

「おかあさぁん……おとうさぁん……」

「いたいのはやだ……こわいのはやだ……だれかたすけてよぉぉ」

檻の中からそんな声が引っ切りなしに聞こえてくる。ワタシがスッと視線を向けると、子供たちが何かされるのかと思ったのか「ひっ⁉」と甲高い声を上げた。

「……別ニ何モシナイ」

ワタシはそれだけを言って部屋から出ていこうとする……が、

「ねえ！　こっからだして！　たすけてぇ！」

子供たちが、今度はワタシに解放を求めてきた。

どうしてここから出たいなんて思うのだろうか。ここにいれば……教育に耐えることさえできれば幸せになれるかもしれないのに。

「……おねがい……だしてぇ」

五歳くらいの女の子が、檻の中から手を伸ばしてくる。涙を流しながら必死に。

ワタシはその手をジッと見つめていると——ザザッ！

いきなり目の前に砂嵐のような映像が浮かび上がる。

『おかあさんっ！　おとうさんっ！』

女の子の声が響き、目の前に倒れている二人の大人に対し手を伸ばしていた。

だがすぐにその映像は途切れて、元の光景へと戻る。

「っ……！」

若干目眩がしてフラついてしまう。

今も檻の中から、ワタシに伸ばされているか細く小さな手。

さっきの光景は一体何だったのだろうか？

「ね、ねえ大丈夫？　気分が悪そうだけど……」

今度は別の女の子が話しかけてきた。変な子だ。ワタシを気遣うなんて。ここに閉じ込めているのはワタシでもあるのに。

そう、目の前の子は、つい最近ワタシがある場所から攫ってきた子だった。それはこの子も知っているはず。それなのに……。

「気分が悪いなら少し休んだ方が良いよ？」

「……何デモナイ」

「でも……」

「……何デ」

「え？」

「何デソンナフウニ、コトバヲカケテクル？　ワタシハ、アナタタチノ〝敵〟ダトイウノニ」

少なくとも今はそうだ。教育さえ乗り越えれば味方になれるが。

でもどうしてワタシは、いちいちそんなことを聞いてしまうのか……。

これが前に教えてもらった〝気まぐれ〟というものだろうか。

「敵だなんて……だって多分……あなただって悪い人にだまされてるだけだもん……」

悪い人？　誰が？　主？　それとも狗飛のこと？

「何ヲ言ッテルノカ分カラナイ。ケレド……コレハアレダ。戯言（ざれごと）トイウヤツ……」

「ざ、ざれごと？」

「……安心スルトイイ。今ハ敵デモ、教育ヲ乗リ越エレバ味方ニナレル」

「きょ、教育……！」

その言葉を聞いて、少女は顔を真っ青になる。先程の光景を思い出したのだろう。このワタシの腕の中にいる子供がどうやって死に絶えたか、その過程を。

そうだ。ここから出て自由を得るには、狗飛の教育を乗り越えるしかない。そして主の道具になって初めて必要とされる存在となれるのだ。

「ソウスレバキット幸セハ……」

「幸せ？　あなたは何言って――」

「おい、いつまでそこにいる」

少女の言葉を遮るように扉を開けて、狗飛が入ってきた。

「貴様らも喧しい、いい加減黙れ！　今度騒いだ奴から教育だからな」

威圧感のある眼光をぶつけられ、子供たちは押し黙ってしまう。

「クロネコ、お前もさっさとそのゴミを処理しに行け」

ワタシはコクリと頷き歩を進める。一瞬、泣きじゃくるさっきの女の子の顔が視界に入ったが、そのまま部屋を出た。

死体はコテージ裏の森の中に埋葬する。これはワタシの役目として言いつけられていた。

この【祝福の村】にやってきて、もう一ヶ月以上は経つ。

すでに埋葬した子供の数は十を軽く超えていた。

埋葬し終えると、ワタシはしばらく墓場となった場所をぼんやりと眺めていた。

ザザッ……！

またも砂嵐が目の前に広がる。これは薬が切れかかっている時に起こる現象だ。

ワタシはさっき主にもらった注入器を首に当て、体内に液体を注ぎ込む。

「アッ……クゥ……ッ！　……ハアハアハア」

この注入器を使用するのは、何度やっても慣れない。激しい痛みが首から全身に広がるからだ。

ただすぐに身体が羽のように軽くなり、砂嵐現象も一切起こらなくなる。

痛みが収まると、ワタシは全身を軽く動かして問題ないか確かめた。

「ン……問題ナイ」

ワタシはもう一度墓場を見回す。

「……臭イ」

そう一言呟くと、無機質な表情のままその場を後にしたのである。

※

やはりあれからも円条からの連絡は途絶えたままだった。

もしかしたら、マジでアイツはもうこの世にはいないかもしれない。

だったら俺は、アイツに後を託されたわけだ。アイツが一人で俺に会いに来て、『祝福の羽』についての情報を教えたのはそういうことだろう。

ならばその気持ちに応えるのが、せめてもの餞になるはずだ。

それに『平和の使徒』としても、幼気な子供たちを拉致するクズを放ってはおけない。

ここ数日、円条から聞かされた例の【祝福の村】というキャンプ場に、仲間を向かわせ情報収集を行った。

その結果、間違いなく『祝福の羽』らしき奴らが潜伏していることが分かったのである。

ただ気になったのは、社長であるグスタフ鷲山が住んでいるであろうログハウスの周りに、数人の子供たちが武器を持って待機していることだ。

仲間が言うには、脅されて仕方なく言うことを聞かされているのではということらしい。

「いいか、俺らの目的は子供たちの奪取だ。絶対に傷つけるんじゃねえぞ？」

任務遂行の前に、俺は仲間たちを集め、改めて言い聞かせていた。

仲間たちもやる気に満ちている。何せ子供を攫うようなクズどもを、この街から一掃できるのだ。それに親御さんたちの気持ちも分かっているからこその怒りもある。何せ仲間のほとんどが子持ちだからだ。

そうだ。俺にも分かる。俺にだって子供がいる。だから許すことなんてできない。

もしこのまま放置すれば、いずれ俺らの子供にまで手が伸びるかもしれないのだ。ああいう害虫は早めに駆除した方が良い。

「よし、じゃあ行くぞ！」

「「「イエッサーッ！」」」

――ミッションスタートだ。

俺たちは部隊を五つに分けて、それぞれがフォーマンセルで、キャンプ場を囲うような形で侵攻することにした。

敵も武器を所持しているのは分かっている。見回りの時間や配置も全員が頭の中に入れていた。

あとは速やかに敵を制圧し、子供たちを保護するだけ。

ただ見えている範囲に、攫ってきた子供たちが全員いるわけじゃない。恐らくどこかに監禁(かんきん)している可能性が高く、その場所も一応は目星をつけている。

俺は仲間三人を引き連れて、他の仲間たちが騒ぎを起こして敵を引き付けている間に、監禁場所の特定と子供たちの保護をするのが任務だ。

そしてしばらくするとログハウス近くから銃声が轟(とどろ)き、『祝福の羽』の社員どもの声が聞こえてくる。

「よし、合図だ。行くぞ！」

「「イエッサーッ！」」

目星をつけていた場所――一軒のコテージの裏側に辿(たど)り着くが……。

「むっ、何だこのニオイは⁉」

思わず顔をしかめてしまうほどの痛烈なニオイが鼻をついた。仲間たちも一様に顔をしかめている。

すると仲間の一人が、少しもっこりとしている土の中から、小さな子供の手が伸びていることに気づく。

「ボ、ボス……まさかこれ……！」

嘘だと思いつつも、俺は土を掘り返してみた。

そして土の中から現れた存在を見て、全員が言葉を失ってしまう。

そこには見るも無残にも、変わり果てた子供の死体が埋められていたのだ。

「何て酷いことを……！」

「こんなのっ……人間がすることじゃねえよ！」

「……うぷっ」

仲間たちがそれぞれ悲痛な表情を浮かべている。一人はあまりの凄惨な現場に吐き気を催してしまっているが。

「……クソがっ！」

俺もつい怒りに任せて、傍にある木を殴りつけていた。

何でこんなことが平然とできる！　同じ人間じゃねえのかよ！　俺だって元傭兵だし、手も汚してきたクズだが、ここまで自分を捨てたことはなかった！

この腐ったニオイの強さ。恐らくはここら一帯に、多くの子供が埋められているのだろう。

「………………行くぞ」

「え、ボス？　この子たちをこのままにするんですか？」

「今はそれどころじゃねえ。まずはこんな最低なことをした元凶を潰す。すべてが終わったら、ちゃんとあるべき場所に埋葬してやろう」

俺の言葉に、仲間たちも同意してくれた。

ああ……久久にキレちまったぜ。グスタフ鷲山……必ずぶっ殺してやるから待ってやがれ！

俺は今すぐにでもログハウスに向かいたい衝動を抑えつつ、コテージへと侵入を開始する。

ここ数日の調査で、何度かこのコテージの周りを徘徊(はいかい)する社員の姿を目撃していた。しかも裏口や窓には、厳重に板で打ち付けて出られないようにしてある。

これはもう何かあると見るべきだろう。他のコテージには、そういった防備はされていない。

俺たちは用意してきた斧(おの)を使い、裏口を破壊して侵入することにした。

幸いそう時間をかけずとも、扉を破壊することができて、そのまま銃を構えて中へと入り込む。

そして子供たちの姿を探すが……。

「……どういうことだ？　誰も……いねえぞ!?」

一階をくまなく探してはみたが、子供一人として発見することができなかった。

「なら二階か!?」

すぐに向かい、幾つかある扉の内、仲間の一人が一つを選んで慎重に開けて中を確認すると……。

「……！　ボス、いました！」

その声に導かれて確認しに行くと、確かにそこには体育座りで顔を俯かせたままの子供が数人いた。

「よ、よし、確保します！　もう大丈夫だからなぁ。すぐにお母さんやお父さんに会わせて――」

だがその直後、子供の一人に近づいた仲間の表情が凍る。

何故なら自分の腹部にナイフが突き刺さっていたからだ。そしてそのナイフを持っているのは――子供。

「な、何をっ!?」

俺が叫ぶと同時に、他の子供も突然持っているナイフで攻撃をし始めたのだ。

もしかしたら俺たちが敵だと思って反撃を……？

そうも思ったが、どうも様子がおかしい。どういうわけか、子供の表情が、まるで無感情で、とても自分の意思で行動しているとは思えなかったからだ。

「お、お前ら、とにかくここから出るぞ！」

俺は腹部を刺された仲間を担ぎ、すぐにコテージから出ることにした。

すると出た瞬間に、また驚愕の光景が視界に飛び込んでくる。

何せ目の前にも子供たちが待ち構えていたからだ。しかも俺らに銃を向けてである。

当然予想外過ぎる事態に、俺たちの足は止まってしまう。しかしそれがいけなかった。

俺は頭上から気配を感じ見上げたら、二階の屋根から小さな人影が飛び降りてきて、俺に向かってナイフを振り下ろしてきたのである。

「くっ！」

咄嗟に携帯していたサバイバルナイフを抜いて、そのナイフを受け止めるが、その衝撃で担いでいた仲間を落としてしまう。

それに攻撃してきた人影の正体を知ってギョッとする。

何だコイツ？　妙な恰好したちんちくりんだが、まさかコイツもガキなのかっ⁉

全身真っ黒のコーディネートで、頭にはネコミミがついた黒い帽子を着用している。さらに漆黒の仮面で素顔を隠していた。

その仮面の奴が俺に攻撃を受け止められたあと、すぐに身体を回転させて後方へ飛ぶと、着地と同時に地面を蹴って、またこちらへ駆け寄ってきた。

仮面の奴は両手にナイフを所持しており、凄まじい連撃を俺に向けて放ってくる。

ぐっ……速いっ！

その凄まじいまでの速度で繰り出されるナイフ攻撃を、何とかサバイバルナイフで応戦していく。

縦横無尽にナイフ同士が衝突する度に火花が散り、俺はどんどんと相手の勢いに押されていく。

これでも元傭兵で、ナイフの扱いに関しては一角の人物として名を馳せていた。故にそんじょそこらのナイフ攻撃では押されることなんてない。

それがコイツの攻撃は、あまりにも苛烈で、しかも身長差があるからか、攻撃が見えにくく対処しにくい。

また俺も全力は出せない。何せ相手は子供のはずだ。殺すわけにはいかないからである。

すると今度はナイフだけでなく、器用に足まで使って攻撃の幅を広げてきた。だが子供の蹴りなど簡単に耐えられると思い、その攻撃を敢えて受けたのちに、カウンターでとっ捕まえてやろうと考えたのだが……。

「がふぅっ!?」

腹部を蹴られた直後、息が止まってしまうほどの衝撃が走り、身体がくの字に折れ曲がる。

バカな――っ!?

そうして今度は下がった顎を蹴り上げられ、俺は堪らず仰向けに転倒してしまった。

そしてそのまま相手が馬乗りになってきて、俺の首目掛けてナイフを振り下ろしてくるが、俺はそのナイフを素手で摑んで、ギリギリのところで止める。

当然摑んでいる手からは大量の血が流れ出ていた。

……何てぇ力だよっ!?

どう考えても子供のソレとは思えない。いや大人でもこれほどの力は出せない。まるでレスラーや力士などといった圧倒的な膂力の持ち主としか思えない。

本物の力士やレスラーだったら、このまま押し潰されて身動きできなくされるかもしれないが、ただ相手はあくまでも子供の体格だ。

ならコイツごと持ち上げてやればいいだけだぜ！

「うおぉぉぉぉっ！」

いくら攻撃が重くとも、小柄な子供そのものの体重は変わらない。俺は相手ごと身体を起こし上げる。

すると相手も体勢が崩れる前に、俺からサッと距離を取った。

「はあ……はあ……はあ……」

このガキ……何てヤツだ……。

あれだけの攻撃をしたにもかかわらず、息が一つも乱れていない。それに子供とは思えないほどの力と速度、そして戦闘技術。どれも見事としか言いようがない。

こんなヤツ、傭兵時代でもいなかったぜ……。

見れば他の子供相手に仲間たちが翻弄されてしまっている。それもそのはずだ。救出対象である子たちが襲い掛かってきているのだ。

こちらは攻撃することはできず、向こうは自由に攻めてくる。まったくもって予想外の事態に分が悪過ぎる。

「ったく……にしてもどうなってやがんだよ。何でガキどもと戦わねえといけねえんだ」

思わず愚痴が零れ出てしまう。

するとそこへパチパチパチパチと、手を叩く音が聞こえてきた。

俺は音につられてそちらに視線を向ける。

そこにはログハウスからやってきたのか、銃を持った子供を引き連れながら、一人の男性が姿を見せた。

「いやはや、さすがは大鷹蓮司。うちのクロネコとやり合ってまだ生きてるとはお見事だ」

「……っ!?　お、お前は――」

「私が『祝福の羽』の社長を務めているグスタフ鷲山です」

俺はその男に見覚えがあった。

名前を聞いた時、記憶に根付いているある男の顔が浮かんだのだ。しかしまさかそんなはずはないと思って考えを否定した。

だってそいつは……。

「………グスタフ・ヤーストリィプ……なのか？」

「さすがに一目で気づいたか。……お久しぶりですね、大鷹先輩？」

ニヤリと口角を上げるその表情。間違いない。そのいやらしく不気味な笑みができるのは奴しかいなかった。

「てめえ……生きてやがったのか？」

「あぁ、そういえば先輩は、俺が殺された現場を見てたんでしたっけ？」

コイツの本名は、グスタフ・ヤーストリィプ。傭兵時代の仲間の一人だった。

俺が傭兵部隊に入った後に新入隊員として入ってきたので、一応俺が先輩として面倒を見ていたのである。

格闘センスもそうだが、何よりも銃の扱いが上手く、俺が教えるようなことは何もない天才だった。

しかしコイツは何事もやり過ぎる傾向があった。敵はどんな事情があっても必ず殺し、敵の息がかかった建物は跡形もなく破壊するという物騒な思想を持っていたのだ。

そのため前線部隊から一時的に外し、雑用係として教育し直そうと上司が言った。

当然不満を口にしたグスタフは、上司と揉め、あろうことか上司を殺害したのである。

グスタフは部隊を敵に回し、一人で暴れ回った。しかしたった一人では、優れた戦闘技術を有する傭兵部隊には敵わない。

追い詰められたグスタフは、小屋に籠城したまま爆弾を起爆して自殺を図った。

あとで調べてみれば、小屋の周辺には爆発で飛び散った人骨が発見され、グスタフは死んだものと判断されたのである。

だから円条からグスタフ鷲山という名前を聞いた時も、鷲――つまりヤーストリィプ（ロシア語で）に引っかかったが、まさかと思い別人だと判断した。

「いやぁ、懐かしい話ですね。あの時はとてもスリルがありましたよ」

「……あの状態でどうやって生き延びた？」

「簡単ですよ。予めあの小屋には、俺以外の遺体を用意していたんです。あとは裏の窓から俺は逃げただけ」

「バカな！　裏にも仲間が見張っていたはずだ」

「ええ、金に目が眩んだ愚か者がね」

「あん？　どういうこった？」

「小屋の裏に配置されていた連中は、俺が金を掴ませておいたんですよ。抜け出すのを協力してもらうためにね」

「なっ……!?」

「傭兵なんてしょせんは金のためにやってる低能なクズばかりだ。まあ俺みたいに殺戮と破壊を楽しむ輩もいるとは思いますがね」

確かにコイツの言う通りだ。さすがに後者の考えを持つ奴らは少数派だろうが、多くは金や自由のためにやっていた。俺もそうだ。

傭兵ってのは個々の繋がりが細い。裏切りだって多々ある。

つまりそこを狙い、コイツは予め金を摑ませ味方を作っていたのだろう。

「にしては用意周到過ぎる。てめえ……もしかして最初から部隊をかき回すつもりで入隊してきたんじゃねえだろうな？」

「ククク……今言ったじゃないですか。俺は殺戮と破壊を楽しむ輩だと。いずれ俺を厄介者として処理するだろうって考えてました。だからそうなった時のために色々先手を打っておいたわけですよ」

ふざけてやがる。排除されることを分かってて組織に入り、実際に問題を起こした上で、全員を欺くなんて……！

「……先輩、俺はね、組織ってもんを見てると壊したくなってしまうんですよ。そして慌てふためく奴らを傍目で見るのが非常に面白い。最高だ」

「やっぱてめえは碌でもねえ奴だぜ、グスタフ」

「元傭兵のあなたに言われる筋合いはないですよ」

「ふざけんな！　それはてめえもだろうが！　それにてめえみてえに、こんな小せえガキどもを拉致するようなクズにまで成り下がったつもりはねえ！　いいや、んなことよりもてめえ！　ガキどもに何をしやがった！　一体何でコイツらは戦ってる！」

そう、それが不思議だった。ここにいる子供たちが拉致されたというのであれば、グスタフに対して良い感情は持っていないはずだ。

それなのにグスタフには敵意の一欠片も向けていない。それどころか守っている。

ただ気になるのはガキどもの表情だ。まるでスイッチが切れているかのように虚ろな感じで佇んでいる。しかもガキども全員がだ。これは明らかにおかしい。

　それはまるで洗脳でもされているかのような……。

「っ……まさかてめえ、ガキどもを催眠か何かで洗脳でもしてやがんのか？」

「さあ、それはどうでしょうか。一応大切な商品なので、おいそれと会社の秘密を教えるわけにはいかないんですよ」

「商品……だとぉ？」

「ええ、傭兵時代のコネでね。ガキどもを攫って洗脳し、立派な暗殺者に仕立て上げ権力者どもに売る。ボロい商売なんですよ。……あ、秘密なのに教えてしまいましたね。これはついうっかり、アハハ」

「マジで終わってんな、てめえは……。それで？　まさかそんなガキどもを使って円条も殺したってか？」

「円条ユーリ……か。こっちは殺すつもりはなかったんですがね。味方につけ、多くの兵器を利用して、またどこぞに戦をさせようと考えてましたが……残念ですよ」

　やはり円条は死んだ……いや、殺されてしまったようだ。こんな奴に殺されるなんて無念だっただろう。

「まあいい。どのみち円条でなくとも、武器商人はまた探せば良いだけ。今回はたまたまあなたを追っていたら見つけただけでしたからね」

「俺を追って……だと？」

「勘違いしないでくださいね。追ってとは言いましたが、ここであなたを見つけたのもまた偶然ですから。世界が変貌を遂げ、さすがの俺も最初は戸惑いを覚えていたんです。生き抜くためには情報が必要。まずは周囲の情報を集めた。そしてすぐに、ある組織がこの街で台頭していることを知った。分かりますね？」

「俺たち……か？」

「ええ。『平和の使徒』というコミュニティが、何の見返りも要求せずにダンジョンを攻略し回っている。少し調べてみてビックリですよ。何せそのトップには俺の知っている人がいたんですから」

低い声音で笑いながらグスタフは続ける。

「これは運命だと思いましたよ。まさかかつての直属の上司と、こんなところで再会するなんてね。だから俺はあなたを追っていた。もちろん……いずれあなたと殺し合いをするためにね」

「殺し合い……だと？」

「当然でしょう。俺を理解せず、殺そうとした連中の仲間だ。ああ、一応教えておきますよ。あの時の傭兵部隊は、一人残らず殺しましたので。……あなたを除いては」

「なっ⁉」

「しかし驚きましたよ。俺が準備をしている間に、あなたは傭兵をやめていた。だからずっと会いたかったんですよ、先輩」

マジで恐ろしい奴だ。執念深いとでも言おうか。アイツが殺されそうになったのは、それだけの理由があっただけなのに。それを逆恨みして暗殺するとは。

「だからまあ……円条は利用できると思いましたよ。もし味方にできれば、あなたを誘い込んで殺す。そうでなくとも、無駄に情け深いあなたのことだ。円条が死んだことが分かれば、必ず『祝福の羽』に辿り着く。敵討ちのためにね。そこで迎え撃てばそれでいい。だから円条が死んで、いつでもあなたが来ていいように準備だけはしていた」

「何だと……？」

「そいつ……クロネコという私の最高傑作でね。まあそれは実際に相見えたあなたが一番理解しているでしょうが」

クロネコ……この仮面の奴のことで間違いない。やはりこの子もまた洗脳された子供の一人ってことだ。ただし異常なまでの身体能力と戦闘技術を持っている。

「クロネコは戦闘の天才です。そんなクロネコに暗殺術を仕込みました。催眠と薬と……あらゆる方法を使って、クロネコの肉体と精神を強化してね。六歳の時からずっと」

「てっめぇっ！　それが人間のすることかっ！　恥を知れっ！」

「恥？　そんなものを知ったところで一文にもなりませんよ」

「くっ……！」

「クロネコは諜報にも長けていて、円条が死んでからずっと、あなたの周辺を探らせていました。気づかなかったでしょう？」

……気づかなかった。俺たちはできるだけ悟られないように『祝福の羽』の周辺を調査してきたというのに。

「最初から筒抜けだったんですよ。このクロネコによってね。だからこうして簡単に罠に飛び込んできた」

俺たちは突然攻め込んで一気に制圧する予定だった。準備も不十分な『祝福の羽』なら、それも可能だと判断したからだ。

それがクロネコによって、俺たちの動きは監視されていた。子供たちを監禁しているであろう場所を特定できたのではなく、特定させられたのだろう。

恐らくは俺たちが攻める前に、子供たちをどこかに移動させた。

くそっ……これは全部俺のせいだ。俺の見通しが甘かった……！

せめてグスタフ鷲山と名乗っている人物の正体を突き止めていれば、こんなことにならなかったかもしれないのに。

敵の数（子供以外）もそうはいないし、この数なら大丈夫だとタカをくってしまっていた。

「クク……クロネコ、上げろ」

……上げる？

グスタフが言葉を発した直後、俺の目前に立っているクロネコが再び行動を起こす。

ポケットから細長い物体を出したと思ったら、それを首に押し当て始めた。中に入っている緑色の液体が、どんどん減っていく。注入しているようだ。

ただその度に、クロネコはどこか辛そうな表情を浮かべる……が、

「クロネコ……狩れ」

グスタフの命令と同時に、クロネコが右手に持っていたナイフを俺に向かって投げつけ、そのまま突進してきたのである。

下手に避けたりナイフで防御すると、その隙を衝かれると判断し、俺は飛んできたナイフに対し、怪我を覚悟しつつナイフを持っていない左手の甲で受けた。

そして向かってくるクロネコを迎え撃つが、奴の速度が爆発的に跳ね上がり、一瞬にして懐に飛び込まれてしまう。

なっ……速過ぎるっ⁉

「ぐあぁっ⁉」

突き出されたナイフが右脇腹を貫く。咄嗟に身体をずらしたが、かわし切れなかった。

俺は反撃しようと蹴りを繰り出す。しかしクロネコは跳躍し、いとも簡単に回避すると同時

に、俺の顔面に対し逆に蹴りを放ってきた。

「ぶふっ!?」

攻撃を受け、そのまま後方に転倒してしまうが、すぐに身体を回転させて立ち上がる。

ちきしょう！　さっきとはまた動きが格段に速いし、攻撃が重てえ！

恐らくはあの謎の液体で身体能力を格段に上げているのだろうが。

するとクロネコが、次に腰に手を当てたと思ったら、そこからハンドガンを取り出したのである。

おいおい、マジかよ!?

当然その銃を俺に向けて発砲してくる。

さすがに受けるのは無理なので、俺はコテージの陰へと跳び込んだ。一応威嚇射撃で、こちらも拳銃で応戦する。もちろん当てはしない。

このようにこっちも銃は所持しているが、クロネコを撃つわけにもいかない。なので凶悪な飛び道具を駆使する戦闘センス抜群の子供相手に、こっちはほとんど素手で制圧しなければならない。しかもできるだけ傷つけないように。

「はは、こういうのってあれか……ムリゲーっていうんだっけか」

確かコミュニティで暮らす子供たちから教えられたものだ。

どうする……このままじゃな……。

多少の想定外なら、持ち前の経験で乗り越えてきたが、さすがに子供たちが敵に回るなんて想定を超越している。

仲間たちも、恐らく子供たち相手に本気が出せずに戸惑っていることだろう。

「――逃げてくださいっ、ボスッ！」

その時、仲間の声が俺の鼓膜を震わせた。

それは先程ナイフで腹部を刺された奴の声である。

「このままじゃ全滅します！　だから……だからボスッ！」

「そうですよ！　ここは俺らが何とか抑えますんで！」

「ボスは早く離脱を！　俺らも隙を見て逃げますから！」

フォーマンセルのメンバーたちが俺の背中を押すように言ってくる。

仲間を見捨てて逃げる。そんなことできるわけがない。

しかしこのまま俺が戦い続けても、戦況は絶対に良くならない。まずは一旦撤退して作戦を練り直す必要がある。

「先輩！　逃げていいんですか！　逃げればお仲間はこの俺にぶっ壊されますよ！」

次に聞こえてきたのはグスタフの挑発だ。

奴の声を聞くだけで胸の奥から煮え滾った気持ちが溢れ出てくる。

……いや、冷静になれ俺。ここで暴走しちまったら、それこそ奴の思う壺だろうが。

なら俺ができる最善は何か――。

俺は何度か深呼吸をする。そしてゆっくりと大きく息を吸い、

「絶対っ！　絶対に戻ってくるからなっ！」

俺がそう叫ぶと、仲間たちもまたホッとしたような笑顔を浮かべた。

ここで全滅するわけにはいかない。この情報を持ち帰って、再び仲間たちを救い出すためにも、俺は死ぬわけにはいかないのだ。

「……悪いな。ぜってえ戻るからよ」

俺は照明弾を取り出し、頭上に向けて放つ。それは撤退の合図だった。

同時に俺もその場から離れる。

「――――逃ガサナイ」

だがこの厄介なネコミミ帽子は、それを許してくれはしないらしい。

いつの間にか木の上にいたクロネコが、俺に向けて銃を放ってくる。

「ちぃっ！」

しかしコテージの裏は木々が茂る場所なので、壁として使える。これなら地の利を十分に活かせる。

それに……だ。

「これでも逃げるのは得意でな」

大量の白煙を生むスモークグレネードをばら撒き、周囲がまるで濃霧に包まれたようになる。今頃クロネコは、木の上でキョロキョロしているだろう。しかし下手に動けば、物音で気づかれるかもしれない。

俺は煙の中で爆竹を焚くと、その音が鳴り止む前にその場から走り去った。

そうして見事、追手を振り切って逃げ遂せることができたのである。

※

コテージの裏から大量の白煙がグスタフたちがいる場所へと流れてきた。

「これはスモークグレネードか…………クロネコ！」

グスタフが叫ぶと、すぐに彼のもとへクロネコが忍者のように馳せ参じた。

「……その様子だと逃げられたようだな」

「申シ訳アリマセン」

「フン、まあいい。久しぶりの挨拶にはなっただろうしな。それにこっちには人質もある。アイツはまた必ずココへ来る。その時に仕留めれば良いだけだ」

グスタフは、子供たちに拘束されている大鷹の仲間を見ながら頬を緩める。

「にしてもクロネコの攻めから逃げ遂せるとはな……。さすがは傭兵時代に『万能の鷹』

と名を馳せただけはある」

それは格闘術だけじゃなく、銃やナイフ、罠などあらゆる技術に精通した大鷹に名付けられた異名だった。

するとその時、クロネコが息を乱し辛そうな様相を見せる。

「もう薬が切れたか。最近早いな。おい、狗飛を呼んで処置させろ」

部下に命令し、グスタフは冷たい眼差しをクロネコを見やる。

「そろそろこの玩具も限界か。六年……なかなかもった方だが、次のを早く拵えなければなぁ」

グスタフが、銃を片手に拘束されている大鷹の仲間のもとへ向かう。

そして銃を額に突きつけるが……。

「くっ……俺は何も喋らねえぞ！」

先回りしたような言葉を吐く。

「ほほう、ずいぶんと豪胆だが、別に貴様らに聞くようなことは何もない。必要ならばクロネコに調べさせればいいだけだ」

「……お前、こんな子供たちを戦わせて……何とも思わないのかよ！」

「便利だと思う」

「っ……ふざけんなっ！」

激昂する大鷹の仲間に対し、グスタフが銃を彼の太腿に向けて発砲した。

「あっがぁっ!?」

「言葉に気を付けろ、傭兵にも劣る凡愚が。武器を与えられて戦士気取りか？　貴様のような平和な暮らしをしていた奴が、本物の戦士になれるわけがないだろうが。身の程を知れ、愚図が」

そこへ部下とともに狗飛が駆けつけてきた。

「遅いぞ狗飛。早くアレを調整しろ」

「すみません。……了解しました」

今にも倒れそうになっているクロネコを視界に捉えた狗飛は、状況を素早く呑み込んで彼女のもとへ向かっていく。

「ぐっ……今に……見てろ……よ」

痛めつけられてもまだ、大鷹の仲間はグスタフを睨みつけながら屈しない姿勢を見せている。

「あぁ？」

「お前……は、絶対に……うちのボスが……倒す……絶対にだ！」

「……フン。だったらいいなっ！」

今度は銃ではなく、その顔面を蹴り上げ大鷹の仲間を失神させた。

「連れていけ。逃がすなよ？」

まだ殺すつもりはないようだ。やはり彼らを人質に大鷹を呼び寄せるつもりなのだろう。

グスタフは、大鷹が去っていったであろう方向に顔を向けてニヤリと笑う。

「次は必ず殺してあげますよ、先輩」

※

子供救出作戦が失敗に終わり、俺は情けなくもボロボロの状態のまま、拠点の一つである元バーへと辿(たど)り着いていた。

拠点では、同じように撤退の合図で逃げ帰ってきた者たちがいる。中には怪我(けが)を負ったので、横たわったり手当てをされている者もいた。

「みんなっ、すまねえっ!」

俺が皆の前で土下座(どげざ)をする。

「そ、そんな! ボスのせいじゃねえよ!」

「そうですよ! だから頭を上げてください!」

仲間たちは俺を責めるつもりはないようだ。責めてくれた方が良いほどの無様っぷりだった。

死人はまだ出ていないが、残してきた仲間は人質にされている可能性は非常に高いし、もしかしたらあの後に殺されているかもしれない。

そうでなくとも一人は、腹部にナイフを突き刺されているのだ。すぐに治療を受けなければ、いずれ死に至ってしまうだろう。

それもこれも自分が相手の力量を見誤ったからだ。

「いいや、俺のせいだ。俺がもっと相手のことを調べていたら……。アイツが……グスタフがいるって分かってたら、もっと警戒してたはずなんだ！　だから……俺のせいなんだ」

「で、でも誰だって死んだ奴が出てくるなんて思いませんよ！」

「それに俺たちだって、まさか子供が敵に回るなんて思いも寄らなかったし……」

「多分円条も……俺たちと同じで、子供に隙を衝かれて殺されたんじゃないですか？　あんなの……反則ですし」

確かに助けようとしている子供が敵だったというのは予想外にも程がある。しかしそれでも言い訳に過ぎない。

戦争は勝たなければ意味がないのだ。今回俺たちは……惨敗した。それが言いようもない結果である。

俺は傷ついて疲弊し切った仲間たちを見回す。

どいつもこいつも意気消沈している。ただ負けたことだけが彼らをそうさせているわけじゃない。ほとんど何もできずに撤退してしまったことに対して、自分たちを責めているのだろう。

それに仲間を見捨てることになったのも。

それも無理からぬ話だ。相手が子供では、おいそれと武器を使用できないし、こちらはどうしても戸惑いのまま防御態勢しか取れなかったはずだ。

結果的に仲間を放置して逃げることしかできなかった。考えてみれば、これが『平和の使徒』として活動してからの初めての大敗である。

完膚なきまでの敗北。誰もが顔を俯かせてしまうのは当然だった。

「ボス、これからどうします？」

「……もちろん仲間を助けに行く」

「けど……どうやってです？」

「お前らは怪我の手当てをしていろ。俺は少し休んだら……っ」

ナイフで刺された傷から痛みが走る。

「ボス！　無茶ですよ、そんな身体で!?」

「はあはあ……だが、俺のせいなんだ。俺のせいでアイツらが……それに俺がいたから『平和の使徒』は目を付けられちまった」

そう、最初からグスタフの狙いは俺だった。俺の存在を知ってから、俺を殺すために画策していたのだ。

円条と接触したのも、単に兵器を得るためだけじゃない。円条を利用し俺を誘き出すためだったのだ。

そう考えると……だ。

「円条を殺したのも…………俺なのかもな」

俺のそんな言葉を聞いて、仲間たちが心配そうな表情を向ける。

どうやったらこの罪を償えるのか……。

もし仲間が殺されていたら、そいつの家族にどう伝えればいいのか。

本当に情けない。傭兵時代でもこんな失敗はしなかった。最近『平和の使徒』として成功が続き、確実に甘く見ていたのだ。

戦場に出るということの怖さを、俺は見過ごしてしまっていた。

「…………ちきしょう」

俺が腕で顔を覆い歯を食いしばっていると、カランコロンと誰かが扉を開けて入ってきた音がした。

「――おやおや、ずいぶんとまあ暗い雰囲気が漂ってますねぇ」

…………え？

俺は耳朶に触れた声音に、思わず耳を疑ってしまった。

それは仲間たちもそうで、全員が突如として現れた人物を見て固まっている。

そして俺も、その声の主を確かめようと目元から腕をどけて、その人物を注視した。

「……っ!? お、お前……な、何で……っ!?」

そこには――。

「お久しぶりですねぇ。皆さんのアイドル、しがない『武器商人』の円条ユーリさんの登場ですよぉ～」

――死んだはずの青年が立っていた。

※

今日この日に『平和の使徒』が動くことを、ソルの監視を通じて知っていた俺は、ソルを現場に走らせモニターで観察していた。

結果は――『平和の使徒』の敗走。

どうやらグスタフの方が一枚上手だったようだ。

ただまさか、グスタフと大鷹さんが知り合いなのは予想外だったが、どうやら傭兵時代からの因縁があったらしい。

しかしそれよりも、やはり子供が敵に回ったことが痛かったようだ。それを伝えなかったのは、俺としてのミスでもあった。ただ死んだと思わせる方針だったので、どうも伝え損なってしまったのだ。

たとえ子供相手でも、大鷹さんたちなら何とかできるだろうと簡単に考えていたのが敗因ではあるだろう。

またクロネコという奴の戦闘力も異常過ぎた。

俺も一度対峙はしたが、あそこまでとは思わなかった。だがこうして大鷹さんとやり合う姿を見て、その実力を改めて痛感させられた。

そうして大鷹さんたちが撤退したのを確認し、俺はすぐに円条に成り代わって会いに行くことにしたのである。

やはりといったところか、皆が意気消沈し、空気は最悪だ。

自分たちの無力感に打ちのめされた者たちがいる中、俺は呆然とする大鷹さんと対面する。

「生きて……たのか？」

「まあ、こうしてここにいるわけですし。ほら、幽霊じゃないですよ？」

俺は足を見せつけ、おどけた感じで言う。

しかしいまだ全員がキョトンとして夢見のような感じだ。

「……手酷くやられちゃったみたいですねぇ」

「っ……ああ。つかお前、無事だったなら連絡くらいしろよ。こっちはどんだけ心配したって思ってんだよ！」

「あーすみません。実は爆破自殺を偽装したんですが、少し失敗して怪我を負っちゃって、しばらく寝込んでたんですよ」

「なっ!?　お、お前まさか……あの身体に巻き付けたダイナマイトを爆発したってのか？　それでよく無事だったな！」

「いえいえ、アレとはまた違う形での爆発ですよ。それで偽装したんですが、思った以上に火力があって、ね」

もちろんすべて嘘ではあるが、ここはこういう設定にしておいた方が何かと都合が良い。

「まあ互いに命があって良かったじゃないですか」

「お前が顔を見せたのはそれを言うためだけか？」

「それもそうですが、僕の後始末をお願いした形になっちゃいましたからねぇ。まあお蔭で僕が生きてるということを、グスタフは知りません。これで追われることはなくなりましたから良いですけどね」

「……そっか」

「でも大鷹さんの方は大変そうですね。……見捨てることはできないんでしょう？　仲間も……それに子供たちも」

「当然だ」

「しかし策もなしで、さらにそんな怪我で再戦したところで結果は見えてると思いますけどね」

「っ……なら力を貸してくれるってか？」

「すみませんが、僕はしばらく身を隠すつもりですので」

「……当たり前だよな。お前はそのために死を偽装したんだしよ」

それに大鷹さんもまだ諦めていないようなので、彼らに任せておくのも良いだろう。今度はそう簡単にやられたりしないだろうから……多分。

大鷹さんとグスタフ。二人の因縁のためにも、互いに衝突してもらった方が、こちらとしても楽ができて良い。

「では僕はこれで……」

「なあ円条、もし力を貸してくれなきゃ、奴にお前が生きてることをバラすって言ったらどうだ？」

ジッと大鷹さんが俺を見つめてくる。

俺はそんな彼の目を真っ直ぐ見返したあと、フッと頬を緩めて言葉を返す。

「そんな人なら、最初から商談相手に選びませんよ」

この期に及んで俺まで敵に回すような人じゃないことは分かっている。

ただ俺としても、何でここまで気を回しているのかも謎だ。姿を見せるのも、すべて終わってからでも良かったはずだ。

『坊地英雄――その人は俺の憧れでな。心も身体も強くて、大勢の人に慕われてた。俺は先輩みてえになりたくて、学生時代はいつも付き纏ってたなぁ』

不意に以前大鷹さんが口にした言葉が脳裏を過る。

この人は、親父が可愛がっていた後輩で、この人もまた親父を慕っていた人。

もしかして、だから俺は……。

俺は頭を振って、思い至った考えを追い払う。商売相手に同情なんてしちゃいけない。それはリスクを生む結果に繋がりやすいからだ。

損得勘定だけで接する方が正しい。だからこそ……。

「……大鷹さん、一つだけお聞きしておきたいことが」

「あん？　改まって何だよ？」

「前に傭兵になった理由は金だって言ってましたよね？　あれは本当ですか？」

「……当然だろ。俺はただ金のためだけに傭兵を――」

「ちげえよっ！」

「そうだ！　俺たちゃ、ボスが金のためだけに傭兵やってたわけじゃねえことを知ってる！」

急に大鷹さんの仲間たちが声を荒らげ、大鷹さんも「な、何を……!?」と驚いている。

「ボスが傭兵になったのは確かに金のためだけど、でもそれはお袋さんの手術費用が必要だったからだ！」

何だって？　手術費用？

俺も予想外の返答が来て、思わず大鷹さんを見つめてしまった。

すると大鷹さんは、気恥ずかしそうに大きな溜息を吐く。

彼らが言うには、大鷹さんは母子家庭で育ち、女手一つで自分を育ててくれた母親を何よりも尊敬していた。しかしある日、重い病にかかり、治すには手術が必要だったのだが、そのためには莫大な費用を要した。

まだ大学生を出たばかりの大鷹さんには、とても支払えるような額ではなかったらしい。そこで知り合いの伝手を辿り、上手くいけば簡単に大金が手に入る方法を知った。

それが傭兵として戦場に出ることだったのである。

「ボスはやりたくもねえ傭兵を……それこそ文字通り命かけてやって金を稼いだんだよ」

そんな過去が大鷹さんにあったなんて……。

「……大鷹さん、お袋さんは？」

「………ま、何とか間に合ったよ」

つまり手術は成功したらしい。

……！　そうか、親父が大鷹さんが困っている時に手を貸せなくて悔やんでいたのは、恐らくこのことなんだろう。

「……突然不躾なことを聞きましたね。話してくださってありがとうございます。では僕はこれで」

何だかそれ以上、その場にいられる雰囲気じゃなかったので、そそくさと出ていった。

俺が建物の外に出て路地裏へ入ると、そこへソルがやってきた。俺は《変身薬》を使って鳥本へと姿を変える。

「ソル、ここ周辺にクロネコって奴はいたか？」

「いませんでしたです！」

モニターを通して、クロネコが狗飛と呼ばれた中国人っぽい奴に、一軒のコテージへと連れていかれるのを見た。どうも体調が優れなかったようだが、何かしらの薬で無理矢理身体強化をしている弊害が出ているのかもしれない。

まだ十代前半ほどで、身体もごつい元傭兵の大鷹を圧倒する動きをするのだから、生半可なことではない。恐らく身体にかかる負荷は相当だろう。

それの反動で、ガタがきてもおかしくはない。つまりあの圧倒的なまでの力はタイムリミットありということだ。

「これからどうするのです、ご主人？」

「そうだな……用事は済んだし……」

「じゃあソルは、またクークラちゃんと遊びたいのです！」

「……ああ、【飛新大学】のキャンプにいた子だな。……じゃあ行くか」

ソルの初めての友達ともいえる子だ。できれば仲良くしてもらいたい。だから会いに行くことにした。

目的地である【飛新大学】に到着すると、《変身薬》で幼女の姿になっているソルが、嬉しそうに敷地内へ走っていった。

「こ～ら、また怪我したらどうする？」

「ぷっ!?　……ごめんなさいですぅ」

前に来た時のことを思い出したようで、申し訳なさそうにシュンとなるソル。

俺はそんなソルの頭を撫でつけたあと、彼女の手を取って一緒に歩き始める。

まずはクークラがどの仮設住宅にいるか調べないと……。

「人に聞いた方が早いかもな」

俺はキャンプで暮らしている大人を捕まえて、クークラのことを聞いてみた。

だが思わぬ言葉が返ってきたのである。

「誰だいそれは？」

「……はい？」

「そんな子、このキャンプには住んでないと思うよ」

そんなことを言ってきたのである。思わず俺とソルは顔を見合わせてしまう。

少なくとも、聞いた人は全員知らないのだという。仕方ないので、他の人にも確かめてみた。

だが同じ反応が返ってきただけだ。ただ、何人かはこのキャンプで見かけたことがあるとも言っていた。

そして、嫌な予感もしたのである。

…………まさか。

ある考えが脳裏を過った俺は、キャンプの中を少し足早に歩き続ける。そして掲示板の方へ辿り着く。

そこには前に見た時と違って、行方不明の子供の写真が増えていた。

そしてその中に彼女の……クークラの写真が……………貼られていなかった。

「ご、ご主人？」

不安気に俺を見上げてくるソル。

あの子はこの大学に身を寄せていたはず。それなのに何故、その消息が分からないのに写真が貼り出されていないのか。

……そういや両親がいないって言ってたな。保護者がいないから……か？

だから誰も彼女に気を留めていないということなのだろうか？

けれど一人の子供がいなくなれば、それはやはり話題に上がると思うのだが……。

「ご主人……もしかしてクーちゃん……」

こう見えても賢い子だ。クークラが消息不明になった原因に気づいているのだろう。

そう、『祝福の羽』の手による拉致である。

俺たちはそのまま無言で大学を後にした。

そして何だかやるせない感じの雰囲気の中、俺はジッと押し黙りながら歩くソルを見る。

するとソルがピタリと足を止めた。

「……ご主人」

「どうした？」

「…………ソルは……またクーちゃんと……遊びたいのです」

「……そっか」

本当にあの子のことを気に入ったようだな。

確かにあの子は良い子だ。ソルも世話になったし、ソルにとっての恩人でもある。

クークラがいる場所は分かっている。十中八九あのクソ野郎のところだろう。

「ご主人にとって……何の利益もない……かもです」

「…………」

「だから…………お願いなのです！　ソルだけでいいので、助けに行かせてほしいのです！」

間違いなくソルも気づいている。クークラがグスタフのもとにいるということに。しかも俺には力を借りず、一人でやると言い張っている。

「ソル……こっち来い」

「？　はい……なのです……ふぇうっ」

近づいてきたソルの額にデコピンをしてやった。

ソルは痛そうにのけ反り、赤くなった額に両手を置いている。

「このバカ。何で一人でやろうとするんだ？」

「だ、だって……だってご主人にご迷惑はかけられない……ですから」

確かに普段から俺は、メリットのない仕事はしないと口にしている。ソルもそれは十二分に理解してくれていた。

今回のことは、どこかから報酬が出るわけでもない。完全なタダ働きになる。そう考え、ソルは自分一人で行かせてほしいと願ってきたのだ。

俺は大きく溜息を吐きながら、ソルの頭にポンと手を置く。

「いいか、ソル。お前は俺の何だ？」

「え？　えと……『使い魔』なのです」

「そう。だが俺は……家族だとも思ってる」

「家族……！」

「ああ。お前には、俺は家族の頼みも聞けないようなダメなヤツだって思われてるのか？」

「そ、そんなことないのです！　ご主人は！　ご主人はソルの大事な人で、とっても頼れて、カッコ良くて、あと、それとそれと……と～っても大好きなご主人なのですっ！」

そこまで持ち上げられると些か恥ずかしい気持ちが込み上げてくる。

だが……悪くない。

「だったら困った時は俺を頼れ。お前のワガママなんて可愛いもんだ」

「っ!?　ご主人……じゃあ……じゃあ！」

「ああ、俺も一緒に動いてやる」

「ご主じぃぃぃぃぃぃんっ！」

感極まったかのように、俺に飛びついてくるソルをギュッと抱き留めた。

「ありがとうなのですぅ！　ありがとうなのですよぉ！」

確かにクークラを救い出したとて、俺が直接得られる利益はゼロだろう。

しかしソルの初めてできた友達だ。この子のためにも力は尽くしてやりたい。

正直『祝福の羽』は、大鷹さんたちに任せておくつもりだったが、そもそもの話、俺が逃げ隠れする必要なんてない。

それに大鷹さんたちが敗北すれば、大口の商売相手を失うことにもなるし、邪魔なグスタフが我が物顔でこの街に根を下ろすだけ。それはマジで厄介でしかない。

よくよく考えれば、グスタフの野郎に一泡吹かせたといっても、《スイッチドール》も無駄になったし、マイナスなんだよな。

ならここは、全力で奴を潰し、奴が蓄えている金品を頂くのも悪くない考えだ。

そうだよ。最初からこうすれば良かった。俺の邪魔をするなら容赦はしない。

また親父が生きてたら、きっと大鷹さんと一緒に暴れてるはず。ああ見えて正義感の強い親父だったから。

ここで親父の後輩に全部投げっ放しにしたら、あの世にいる親父に怒られちまうしな。

それに、だ。親父は大鷹さんが苦しんでいる時に手を貸してやれなかったのを心の底から悔やんでいたことも知っている。親父がしたかったことを息子の俺がするのもまた良いかもしれない。

無論、向こうは俺の事情なんて知る由もないだろうが。

俺はさっそく《文字鏡》を使い、大鷹さんと連絡を取ることにしたのであった。


「ったく、一体全体どういう風の吹き回しだ？　さっき出てったばっかでまた会いたいって言ってくるなんてよ」

俺は嫌みめいたことを言う大鷹さんの前で、また円条の姿をして会っていた。

ちなみにソルには周囲を警戒してもらっている。クロネコが、再び『平和の使徒』の監視に走るかもしれない。そうでなくとも他の監視役が配備されている可能性だってあるからだ。

一応円条として顔を隠す変装程度はしているが、念には念を入れてである。

「実は気が変わりましてね。僕も『祝福の羽』との決戦に参加させてもらおうかなと」

「……何を考えてやがる？」

当然先程断ったので、いきなり掌を返した俺を訝しんでいる様子だ。

「他意はないですよ。ただ一応言っておきますと、別に子供のためだとか大鷹さんたちを守りたいとか、そういったことではありません」

「じゃあ何だってんだ？」

「僕にとっての邪魔者を排除したいだけですから」

「邪魔者？」

「だってそうでしょう？　僕は考えてみたんです。『祝福の羽』がこの街にいる限り、僕は表立って商売できない。生存がバレたら、また確実に狙われますからね」

「ああ。だからしばらく身を隠すって言ってたじゃねえか」

「ええ。けれどよく考えたら、何で僕がわざわざそんなマネをする必要があるんですかね」

「は？」

「あんな傲慢で不遜な輩のために、何で僕が逃げ隠れする必要があるのかと思い至りましてね。僕にとってアレはいらない存在なんですよ。邪魔でしかない存在。だったらどうします？……排除するしかないでしょう？」

「……この短期間で一体何があって、お前の考えが真逆になっちまったんだよ」

まあきっかけは大学での出来事……というよりは、ソルの頼みだけどな。

いろいろ言い訳めいたことも思ったが、結局はソルを悲しませた連中を許せないだけだ。

だから家族(アイツ)を泣かせた礼は何百倍にして返してやる。

「けれど僕一人では些(いささ)か困難なミッションなので、『平和の使徒』さんたちの助力を仰(あお)ごうかと。ああ、もちろん武器等はこちらが提供させて頂きますよ」

その対価として『祝福の羽』が抱えている金品は根こそぎ奪わせてもらうが。

「……俺らからしたらありがてえ話だが。……お前らはどうだ？」

大鷹さんに振られた彼の仲間たち。

「円条がついてくれるなら百人力ですよ！」

「そうそう！　それに今度はちゃんと子供対策ができますし！」

「あれ？　けどボスってば、一人で向かおうとしてなかったっすか？」

最後の一人の発言に、大鷹さんは「うっ」とバツが悪そうな表情を浮かべる。

「しょ、しょうがねえだろ！　これ以上、お前らを危険な目に遭(あ)わせるわけにはいかねえって思ったんだしよ！　それにお前らの中には怪我(けが)してる奴が多い！」

「それはボスもでしょうが」

「「「うんうん」」」

仲間たちの方が正論のようで、またも大鷹さんは言い負かされてしまっている。

「ああ、怪我に関してですが、知り合いからミラクルな薬を購入しましてね。これを使えば、あら不思議～！　怪我がすぐに治ってしまうというビックリな効能があるんですよぉ」

「んな薬があったら、今頃そいつはノーベル賞取ってるだろうが」

「ええ、大鷹さんの言うことも尤もですが、その人は地位や名誉に興味がない方でね。金にはがめついですが」

「お前と一緒ってわけか」

失礼な。いや、間違っていないけども。

「とにかく試してみましょう」

俺は《ヒールポーションB》という名の小瓶を取り出す。飲めば骨折くらいならすぐに完治してくれる5000円のファンタジーアイテムを、横たわっている男に飲ませてやった。

すると――。

「――っ!?　い、痛くねえ……痛くねえよ！　な、治ったぁぁっ！」

「「「ええええぇっ!?」」」

突然立ち上がり、全身を軽やかに動かし始めた男を見て、大鷹さんたちが一様に目を丸くしている。

「マ、マジかよ……何だその薬は……」

「にゃふふ～、どうです？　凄い薬でしょう？　今ならお安くしておきますが？」

「サービスしてくれんじゃねえのかよ」

「武器は……ですよ？」

「ちっ……わーったよ」

それから俺は少し多めに薬代を受け取ると、怪我をしている者たちに《ヒールポーションB》を配ってやった。

「……おぉ、マジで治りやがったぜ」

大鷹さんも自身で実感し、不思議そうに空になった小瓶を凝視している。

「これで皆さん、また元気に活動できますね！　さあ、僕の野望のためにもキリキリ働いてくださいね！」

「「「おう！」」」

「おいこらこら、お前らはこの街のために働くんだろうがよ！　円条に乗せられてんじゃねえよ！」

「「「あ……てへ」」」

「可愛くねえよ、オッサンどもが！」

確かにいい歳した野郎どものお茶目な姿なんて誰も得しない。俺も少し吐き気を感じたし。

「けどボス、向こうだってまたボスが乗り込んでくるって思ってますよ」

「……だろうな。不意打ちは通用しねえだろう。それにあのクロネコってガキのこともある」

やはり実際に戦ったからか、自分たちにとって一番の障害がクロネコだと考えているようだ。

「皆さんの仰る通り、向こうはいつ皆さんが攻めてきてもいいように準備はしていると思います。それに厄介なのはやはり子供たちでしょう。『祝福の羽』にとって、子供たちの存在は盾であり矛でもありますから」

俺が話し始めると、皆がジッと黙って俺に注目する。

「ですからまずは子供たちの解放。これが必須条件となります」

「なら一人ずつ各個撃破していきますか！　撃破っつっても捕縛になると思いますが！　ほら、投げ縄とかで！」

「こん中に投げ縄ができる奴がいるのかよ？　それに一人ずつ相手してる間に、他の連中が集まってくるだろうしな」

「うぅ……良い考えだと思ったんですけどね……」

大鷹さんに悪いところを指摘されて、ガクンと項垂れてしまう男性。

「いえいえ、今の意見は御立派ですよ。ナイスアイデアです」

しかしそこへ俺が褒めると、男性は「だ、だよな！」と笑顔になる。

「子供たちを動けなくするというのは間違っていませんよ」

「おいおい……何か手があるってのか？」

「以前のように何の情報もない状態で突っ込んでもダメでしょうね。ですから〝コレ〟を使います」

俺が取り出したのは一丁の銃だった。しかし普通のハンドガンとは違い、少し大きくかつ、先端がテニスボールでも発射できるくらいに広くなっている。

「何だ、そのけったいな銃はよぉ」

「ふっふっふ……そいや！」

俺は近くに立っていた男性に向けて発砲した。

男性は「んぎゃ!?」と情けない悲鳴を上げ、他の皆も仲間が撃たれた事実に愕然とする。

「円条っ、てめえいきなり何しやがるっ！」

「慌てないでくださいよ。ほら、ちゃ～んと見てくださいな」

俺が男性の方を指差すと、大鷹さんも言われた通りに視線を向けた。

「……は、はあ？」

声を上げたのは誰か？　何せ全員が、撃たれた男性を見てあんぐりと口を開けてしまっているのだから。

「う、うげぇ……何なんだよぉ……これぇぇぇ……っ！」

男性はというと、床に倒れ込んで必死にもがいていた。何故そんなことになっているのかというと、彼の身体に青色のゼリー状をした物体が絡みついているのだ。それがまるで鳥もちのようにくっついて身動きができないのである。

「お、おい円条、ありゃ何だ？」

「スライムですよ、スライム」

「ス、スライム？　スライムってあのスライムか？　ダンジョンにいる？」

「トーチヌイ！　正解で～す！」

しかし当然ながら、スライムを発射するような銃なんて存在しないだろうから、どういうことだと大鷹さんが聞いてきた。

「この銃は、その名の通り《スライム銃》。僕が発明した、相手を傷つけずに制圧するための画期的な武器なのです」

「お、お前が発明……した？」

「こう見えても武器作りにも精通していますんでね～。スライムをとっ捕まえて、さらに研究を重ねて作り上げました」

「……あれ？　けどモンスターってダンジョン外では活動できないんじゃなかったっすか？」

……ちっ、余計なことに気づきやがった。

俺は発言をした男を、思わず睨みつけそうになったが、すぐに営業スマイルを浮かべて言う。

「そこはちょちょいのちょい、と特別な製法を使っただけですよ。あ、もちろん企業秘密なので教えませんよ？」

というかそういう設定の銃を購入しただけだし。

「……マジでお前、何者なんだよ……？　いろいろおかし過ぎだろ……」

「にゃふふ～、それは…………セクレート！」

「いや、ロシア語で言われても……まあ、秘密ってことなんだろうがよ」

大正解。文法的に合ってるかは置いておいて、キャラ作りのために単語だけはある程度覚えておいたのである。

「とにかくこの銃を使えば、子供たちを無傷で捕縛することができます」

見れば今も撃たれた男性は必死に抜け出そうとしているがダメだ。ナイフで切っても、すぐにくっついてしまうので脱出は難しい。

「なるほど。これなら……グスタフの意表もつけるってわけだな」

「そういうことです。どうです？　勝ちの目が出てきたでしょう？」

すると彼らの瞳にやる気の炎が点火し始めた。彼らの最大の障害である子供たちの扱い方が見つかったのだ。顔色も良くなるというものだろう。

「よし、なら円条の銃で『祝福の羽』の奴らにリベンジだ！　今度は負けねえぞ！　いいなお前らぁっ！」

「「「イエッサーッ！」」」

どうやら暗い雰囲気(ふんいき)も消し飛んだようで何よりだ。あとはよりスムーズにミッションを攻略できるように作戦を煮詰めるだけである。

こうして『平和の使徒』によるリベンジ戦――『祝福の羽』壊滅作戦が決定した。

※

「クロネコ、また新たな素材が入った。一応対面だけはしておけ」

ワタシは主の言葉に頷くと、子供たちが閉じ込められているはずの檻へと向かった。

新たな素材。それは主の道具になる可能性を秘めた子供のことだ。

そう、ワタシと同じように。

対面をする理由は、仮に脱走した場合、ワタシが捕縛に向かう必要があるからだろう。そのためにも顔を覚えておく必要があるのだ。

主は最近機嫌が良い。恐らく先の襲撃犯を物の見事に撃退できたからだろう。当然ワタシも尽力し、主のために働いた。

……アノ人……強カッタ。

記憶に浮かぶのは一人の男性。本気を出したつもりだったが、仕留められなかったのは初めてだった。

こっちが追い詰めていたにもかかわらず、だ。

でも主はまたあの男性がやってくると疑っていない。その時はまたワタシが戦うことになるだろう。外ならぬ主のために。

ワタシはそんなことを考えながら檻へと辿り着いた。

そこには自分とそう変わらない子供たちがたくさんいる。頑丈そうな檻が子供たちを外に出すことを阻んでいた。

今もワタシを見て怯え切った表情で泣いてたり、お母さんやお父さんのことを呼んでいる子もいる。

中には目の奥に光をなくした子だっていた。

前に主の部下である男性が言っていたことがある。ここは子供たちにとっては牢獄だろう、と。しかも毎日毎日地獄のような光景を見せつけられる。

子供たちの目前には、病院の手術室にあるような台が設置されていた。そこに視線を向けることすら恐怖を抱かせるのかもしれない。

それは子供にとっての悪魔の作業台。

毎日、一人ずつそこに子供が寝かされ、狗飛によって教育されるのだ。

奇妙な薬を身体に注入された子供は、身体をビクンビクンと跳ねさせられ、さらには針や糸で身体を傷つけられる。痛い痛いと泣き叫ぶ子供に罵声を浴びさせ、酷いことばかり言って子供を絶望の淵に叩き込む。

最悪なのは、狗飛の質問に対し子供が答えなくなった場合だ。

――何だ、もう壊れたか。

狗飛が言う。そしてそれは死んでいることを意味した。

ここ数日、何人も子供が酷い目に遭ってきた。そして多数の者が死んでいった。

次は自分の番かもしれない。そう思うだけで心が締め付けられ辛いはずだ。

怖くて怖くて、でもどうしようもなくて。

助けを呼んでも、ココにお母さんが来ることはない。誰も……助けてくれない。

そうやって狗飛は、子供の心を削って削って、最後には破壊する。そうすることで立派な兵器になれるのだという。

実際ワタシもその教育によって、こうして主に使われ道具となることができた。

「……かえりたいよぉ」

子供の誰かが絞り出すように呟いた。

それはここにいる全員が願っていることだろう。

だがそれも教育を乗り越えれば良いだけ。そうすれば味方になれる。

実際に教育に耐えて、自由になれた子もいる。兵器として不必要な感情を取り除くことができ、主の道具として生きていくことができるのだ。

死にたくなければ、耐えて、耐え抜いて、乗り越えるしかない。

ワタシも、ハッキリとは教育の内容を覚えていないが、それに耐えたからこその今があるのだから。

ワタシは以前、自分に声をかけてくれた女の子がいないことに気づく。もし兵器として完成したならワタシにも連絡が来る。しかしそれはない。つまりは教育に耐え切れずに……そういうことだろう。

その少女はワタシのことを心配していた。そして一瞬、その子の姿が、ザザザッと砂嵐が起きたようにブレて、違う少女の姿へと変わる。

「ッ……!?　イ、今……ノハ……？」

ズキッと心臓に針が刺さったような痛みが走った。

新たに脳裏(のうり)に現れた少女は、自分が攫(さら)い損(そこ)ねた子でもあった。

主の命令を受け、手頃な子供を攫うために、多くの人が集まって過ごしている大学(キャンプ)へと侵入した。そこで見つけたのが、脳裏に現れた少女だ。

一人でいたところを偶然に知り合うことになり、せっかくだから攫おうと画策していたが、結局すぐに保護者がやってきて断念することになったのである。

まあそのあとすぐに別の子を攫うことができたので問題はなかった。ただ予想外だったのは、また後日にその少女と遭遇(そうぐう)したことだ。

その少女と保護者を見ていると、彼女たちから発せられる温もりが、とても懐かしく思えた。

少女とは二人きりになることが多々あった。それなのに何故か……攫おうとは考えなかったのである。何故かは……分からない。

ワタシは右手に視線を落とす。その右手で、少女の頭を撫でたのを思い出す。

小さくて……温かくて……それでも確かにそこには命があった。

ワタシがここで子供たちに触れる時は、いつも冷たくなっている時しかない。

だからああやって誰かと手を握ったり撫でたりしたのは初めてだった。

だがワタシはその子を見て、思わず仮面の奥で目を丸くしてしまった。

きっと例の新参者を連れてきたのだろう。まだ小さな……とても小さな子供だった。

不意に零れた言葉。しかし直後、扉が開き向こうから黒スーツの男二人が入ってきた。

「ソレガ……生キテルッテコト?」

ドウシテ……。

ドウシテ………ドウシテ……。

声にならない気持ちが、内心で渦を巻き始める。

その子もまたワタシに気づいて少し怯えたような表情をする。何故かその表情を見ると、また心臓に軽い痛みが走った。

そしてその子は、ワタシから檻の中へと視線を向かわせ、まるで誰かを探すかのような仕草をして、明らかにガッカリしたような顔を見せる。

いや、そんなことよりもだ。

「どうして……ココにいるんデスカ――――ソル？」

※

ソルは今、絶好調にご主人に課せられた任務を全う中なのです！

その内容とは――潜入ミッションなのですぅ！

ソルにしかできない、ソルだからこそできるとご主人は言ってくれた。

だからソルは精一杯頑張るだけなのです！

そうしてまずは、『祝福の羽』の懐に入ることができた。彼らは子供を攫い、教育と称した拷問とも呼ぶべき方法で洗脳して兵器にさせる。

だからソルは、人間の姿になって、一人で外出していた。そうすることで彼らも攫いやすいだろうとご主人は踏んだ。

案の定、すぐに目を付けられ、突然目の前に見知らぬ車が停まったと思ったら、ゾロゾロと降りてきた男たちに、強引に車の中へ連れ込まれてしまったのである。

ソルはご主人みたいに演技はあまり得意ではないけど、それでも必死に、そして手加減して暴れた。本気で暴れたら男たちを殺しちゃうからだ。

銃を突き付けられ、怯えて大人しくなったフリをし、そして彼らの拠点である【祝福の村】へと拉致されてきた。

そこで他の子供たちが収監されているであろう場所へと連れてこられたのである。

そこは結構広々とした部屋で、入った直後に、例のクロネコという子がいたのでビクッとしてしまったが、今はそんなことよりも確認しなければならないことがあった。

だからソルは、部屋の中に設置された檻を観察したのである。

きっとそこにソルの捜し人――クーちゃんがいると信じて。

でも幾ら見回しても、彼女の姿が発見できなくて項垂れてしまう。

クーちゃん……どこにいるんですか……？

そう思った矢先の出来事である。

不意にくぐもった声音が聞こえたのだ。

「どうして……ココにいるんデスカ――ソル？」

思わずハッとして、その声を発した主を見やる。

そこにはたった一人……そう、全身を黒で覆いつくしたクロネコしかいなかった。

でも間違いない。普通の人だったら聞こえないほどの呟きではあったが、ソルの優れた聴覚は、確実に聞き取っていたのである。

「もしかして………クーちゃん？」

だからこそ、ソルも反射的に声に出してしまった。

するとクーちゃんと思わしきクロネコが、さっきのソルみたいにビクッとしたのである。

その反応で確信した。彼女がクーちゃんだと。

でも何で……？

だって彼女は敵。『祝福の羽』でもっともご主人が警戒する敵なのだ。

ただご主人はもちろん敵ではあるが、討つべき対象ではないとも言っていた。

何故なら、確かに厄介な敵だが、最大の被害者でもあるからだ。

そんなグスタフの懐刀がまさか、自分の探していた人物だったなんて微塵も思っていなかった。

「あん？　何だこのガキ、くーちゃん？」

直後、ソルを連れてきた男の一人が不審に思ったように声を上げた。

「あ、えと……それは……」

「許可なく喋るんじゃねえよ！　ほら、さっさとこっち来い！」

ソルは慌ててしまったが、どうやら男たちには深く理解できていなかったようで、そのまま真っ直ぐ檻の中へと入れられてしまった。

「あ、そうだクロネコ。狗飛様があとで追加の薬を渡すって言ってたぞ。受け取りに行け」

「……ワカッタ」

ソルを閉じ込めた男たちは、檻を一瞥することもなく部屋から出ていった。

今、この部屋には、ソルとクーちゃん……そして怯えた子供たちだけが残されている。

今頃ご主人は、《カメラマーカー》を通してモニタリングをしているはず。残念ながら距離があり過ぎて《念話》を届かせることはできないが、それでもこちらの会話は聞き取れる。

だから……今がチャンスでもある。

そう思った矢先、クーちゃんが静かに部屋から出ようと一歩踏み出す。

「待ってくださいです、クーちゃん、クーちゃん！」

ソルの掛け声に、クーちゃんがピタリと足を止める。

「……クーちゃん……なんですよね？」

ここから見えているクーちゃんの背中に向けて聞く。

するとクーちゃんは、ゆっくりと振り返り、その顔を隠していた仮面をそっと外して見せた。

※

モニターを凝視しながら俺は愕然としていた。

ソルにクークラじゃないかと問われたクロネコが、その仮面を外し素顔を見せたのだ。

そこから現れたのは、俺やソルが知っているクークラの顔だったのである。

「やっぱり……クーちゃんだ」

ソルが安堵したような声を出す。無事に再会できたことの喜びからだろう。

しかし俺は気が気ではない。よもや一人軍隊のようなとてつもない実力を持つクロネコが、まさかクークラだったとは、まったくもって想定外でしかなかったからだ。

てことは俺たちと会った時はすでに……。

大鷹さんからの情報では、クロネコは六歳の時からグスタフに洗脳されていたらしい。ということは、俺たちと会っていた時のクークラは、クロネコという兵器として完成された存在だったのだ。

なら大学で会った時……あの時は、恐らく次に攫う子供を物色でもしていたのかもしれない。

でもマジで信じられない。いや、ソルのためにも信じたくはない。

少し変わっているが、ソルと接しているクークラは、そこらにいる普通の子供にしか見えなかった。

それがまさか……。

「クーちゃん……助けに来たですよ！」

相変わらず無表情のままのクークラに対し、ソルはにんまりと笑顔を向ける。

まるで太陽を見ているかのような眩しさからか、若干クークラが目を細めた。

「っ……何を言っているのデス？　ワタシは……クロネコなんデスヨ？」

「うん、ビックリしたけど……それは別にいいんです」

「え？」

「大丈夫ですよ！　きっとご主人が何とかしてくれますから！　だから一緒に帰りましょう！」

……ソル。本当にお前は真っ直ぐな奴だよ。

俺だったらきっとそんなふうに笑顔を向けられない。信じられなくて、信じたくなくて、心が押し潰されそうになるだろう。

それなのにソルは、今もなお無垢な表情をクークラに向けている。

きっとそれがソルの〝強さ〟なのかもしれない。

「………ど、どうしてそこまでワタシを……？」

「そんなの決まってます！」

「？」

「だって――クーちゃんは、ソルのお友達ですからっ！」

ソルの一片の曇りもない真っ直ぐな言葉に、まるで気圧されるかのように後ずさりするクークラ。

「友……だち？　……うぐっ」

瞬間、クークラが苦しそうに胸を押さえた。

「クーちゃん!?」

「っ…………ワタシは……ワタシは…………ワタシハ……アルジノドウグ……クロネコダ」

「！　……クーちゃん」

　再び仮面をつけたクークラ。いや、クロネコはソルに背を向けた。

　明らかな拒絶だ。しかしソルの頑固さは一筋縄（ひとすじなわ）ではいかないことを俺は知っている。

「クーちゃん！　ソルは……ううん、ソルとご主人は、きっとクーちゃんを助けてみせますです！　絶対にっ！　だからもう悪い人の言いなりになんてならなくていいんです！　悪いことなんてもうしなくてもいいんですよぉ！」

　ソルは諦めない。だったら俺も諦めるわけにはいかない。主として、情けない姿を見せるわけにもいかないしな。

　クークラは、もう何も言うことなくその場を去っていった。

　俺はモニター越しに、ソルを静かに見守る。彼女は今の一幕に対し、唖然（あぜん）としている子供たちに笑顔を向け自己紹介している。

　ソルは自分の役割をちゃんと最後まで全うするつもりだ。

「なら俺も全力で任務を成功させるだけだな」

　俺は次なる計画に向けてさっそく動き出した。

第五章 『祝福の羽』壊滅作戦

「――何？　『平和の使徒』がこちらに向かっているだと？」

ログハウスの書斎で寛いでいたグスタフは、クロネコからの情報を受けると、笑みを浮かべつつ、その重い腰を上げて窓の傍へ寄った。

「ククク、あれから三日……ようやく動いたか。待ってましたよ、先輩」

すでに大鷹たちが攻め込んでくることは予想済みだったようだ。

グスタフは微塵も慌てる様子はなく含み笑いを浮かべる。

「クロネコ、お前の役割は分かっているな？」

「……」

「む？　おい、聞いているのかクロネコ？」

「!?　……モチロンデス」

ぼ～っとしていた様子のクロネコを訝しむグスタフだが、軽く鼻で笑うように息を吐く。

「よし、ならばすぐに向かえ」

クロネコが返事をすると、即座に部屋から出ていく。それと同時に入れ替わるように狗飛（ゴウフェイ）が入ってきた。

「グスタフ様、未開発のガキどもはどうされますか？」

「すでに例の場所へ放り込んでいるのだろう？」

「はい。見張りは必要ですか？」

「扉をロックしてさえいればそれでいいだろう。ガキどもが何をしたところで突破できまい」

「…………」

「ん？　不安か？　まさかガキどもだけで抜け出せるような場所ではあるまい」

「はぁ。ただ元来心配性で。せっかく手に入れた実験材料が減るのが怖くて」

「ハハハ、やはりお前も良い具合に壊れているな！　まあ好きにしろ。どうせ奴らはすぐに皆殺しになるだけだ。何せこちらには最強の矛（ほこ）と盾があるのだから」

狗飛が「では」と一礼をすると部屋から出ていった。

グスタフは再び椅子（いす）に腰かけ、テーブルの引き出しからステンレス製の小箱を取り出す。

「そうだ。コレとガキどもがいれば、俺は裏社会を牛耳（ぎゅうじ）ることだって不可能じゃない。ククク、この俺が新たな時代に選ばれたことを教えてやる」

自分の勝利を確信しているような恍惚（こうこつ）とした表情で小箱を撫（な）でていた。

前回と同じ轍を踏まないように、『平和の使徒』は、今度は部隊をたった二つに分けて【祝福の村】の奥地へと向かっていた。

しかも今度は、堂々と軽装甲機動車を利用してだ。この車なら、並みの銃弾なら跳ね返してくれる。機動力もあるので、今回の作戦では持ってこいなのだ。

だが当然のごとく、ログハウスに近づかせまいと『祝福の羽』が立ち塞がる。そしてその多くは洗脳を受けた子供たちだ。

ただ車はログハウスに向かうことなく、立ち塞がった子供たちの姿を見ると方向転換をして森の奥へと入っていく。

子供たちはただ撃退しろという命令しか受けていないのか、そのまま車を考えもなしに追う。戦闘ができる子供といっても、クロネコのような別格が何人もいるわけではない。故に子供の足では、当然車の速度には追い付かない。

しかし車は一時停止し、子供たちが近づいてきたらまた発進するを繰り返し、まるで鬼ごっこでもするかのように走っている。

さすがにおかしいと気づいたのは、グスタフの部下である大人たちだ。

だからこそ下手に持ち場を動けない。車が囮で、別の場所から突撃されるかもしれないと考えているのだろう。

「くっ、今すぐ『子供死兵（ジェーチ・アルージェ）』どもを全員呼び戻せ！」

部下の一人が声を上げた。しかし警備に回している子供たちは、すでに声の届かないくらいの距離まで車を追っていたのだ。ここに残っているのは二人しかいない。

そして車がやってきた方角から、またも同じ車に乗ってもう一台の軽装甲機動車が突っ込んできた。

「やはり二台は囮だったか！　迎撃するぞ！　絶対にグスタフ様のところへ通すな！」

銃で応戦する部下たち。だが車が目前で停車し、『平和の使徒』も車から銃で反撃しようとしてくる。しかし部下は、ニタリと笑みを浮かべた。

「馬鹿め！　お前らじゃ、コイツらを傷つけられまい！」

何の躊躇（ちゅうちょ）もなく子供たちを壁にする部下たち。

だが『平和の使徒』の連中もまた、戸惑うことなく発砲し、弾を子供に当てたのである。

「そんなっ!?　……って、何だコレはっ!?」

弾に当たった子供を見てギョッとする部下たち。当然だろう。子供たちの身体（からだ）にはドロドロのスライムが絡みついて身動きを奪っていたのだから。

そうして愕然（がくぜん）としている隙（すき）を衝（つ）いて、部下たちも『平和の使徒』による攻撃でスライムで無力化させられてしまう。

「うっ……動けないっ」

掛け布団のように身体を覆われ一切の行動が不能になっている。

そこへ車から降りてきた『平和の使徒』たちが、周囲を警戒しながら制圧した子供へと近づく。

「よし、二人とも無傷で確保だ！」

そう声を上げたのは大鷹だった。そしてそのまま身動きのできないグスタフの部下のもとへ向かい、今度は本物の銃を向ける。

「た、助け……っ」

「無理だ。お前らのようなクズを生かしておくつもりはねえんでな」

苛烈な銃声が響き渡り、部下たちは一瞬にして事切れた。

「せめて苦しまないように殺してやるだけありがたく思え」

大鷹は子供たちを道具のように扱う連中に情けを必要なしだと判断したのだろう。

「お前ら、ここは任せるぜ。俺はこのままグスタフを」

「はい、ボス！　他の奴らも上手くやってると思いますから大丈夫ですよ！　……どうかご無事で」

「おう！　今度こそ決着をつけてやるぜ！」

そうしてログハウスの方へ走っていく大鷹を見送った仲間たちは、無力化している子供へと視線を向ける。

「よっしゃ、早く子供たちを回収しようぜ」

「そうだな！　ちょっと気色悪いだろうけど我慢してくれよ」

スライムに包まれている子供ごと大袋に詰めて、顔だけを出させて車の荷台へと運んでいく。

「作戦通りまずは子供をここから離さないとな。さっそく移動を――」

直後、彼らの背後にスタッと降り立った小さな人影。

その気配に気づいて彼らも振り向くが――。

※

俺の仲間たちが全員囮となってくれていることで、すんなりとログハウスの傍まで辿り着くことができた。

しかしここもやはりグスタフの部下の守りが固い。

ガキ二人に部下二人か。

俺は、木陰からスモークグレネードをログハウスに向けて投げ込んだ。

一気に周囲が濃霧に包まれたようになると同時に、俺は木陰から飛び出して、円条から渡された《スライム銃》を撃つ。

ただこれは、いちいち一発ごとに装弾し直す必要があるのが難点だ。俺はすぐに次弾を装弾して弾を撃ち放つ。

当然一発目も二発目も、傍から見ると何も見えない場所に撃ち込んだようにしか見えないだろう。

だが俺にはちゃんと手応えがあった。そのままさらに煙の中を、今度はナイフを持って突き進む。

「な、何だこの煙はっ……うむぅっ!?」

部下の一人の背後へと回り、その口を塞ぎつつナイフで首を刈っ切る。そしてそいつを手放すと、さらに足を止めずに走って、その先にいた者を掴んで押し倒す。

すると、そこでようやく風により煙が晴れていく。

煙の中から現れた光景は、スライムに拘束されている子供二人に、首を切られて絶命している男一人。

そして今、俺に押し倒されて、首元にナイフを突きつけられている男一人である。

「う、嘘だろ……!? な、何であの煙の中で正確に攻撃できるんだ……!?」

苦し紛れに男が説明を欲してくる。

「んなもん簡単だ。最初からてめえらの位置を把握しといただけだ。突然視界が塞がれば、人ってのは下手にその場を動けなくなる。あとは覚えている位置に向かうだけ」

気軽に言っているが、そんなことができるのは相当な実力者だけだ。普通人間は視界ゼロの中を全力疾走なんかできないのだから。

　それを事もなげにやってのけられたのは、傭兵時代もこういう戦い方をしたことがあっただけのこと。

「っ……バ、バケモノめ……！」

「それは褒め言葉として受け取っておくぜ」

　男の首を切って命を断つ。これでこの場は制圧できた。

　俺はゆっくりと立ち上がり、ログハウスを睨みつける。

「今行くから待ってろよ、クソ野郎」

　円条曰く、スライム銃の効果は一時間ほどもつらしい。ならばここは仲間たちに任せて、俺はグスタフのもとへ向かう。元々それが作戦なのだから。

　俺はログハウスの扉へと慎重に近づき、一気に蹴り破って銃を構える。

　どうやら一階にはいそうもない。ならば二階かと、さらに警戒を強めて上っていく。

　一つずつ部屋を調べていき、そして最後の扉を開けた。

「………グスタフ」

「――やあ、待っていましたよ先輩」

　そこは書斎のようで、奴はゆったりと椅子に腰かけて、堂々とした様子で俺を待ち構えていた。

「ずいぶんと余裕だな。もうお前はここで終わりなんだぜ？」

「さあ、それはどうでしょうか。まあ確かに、こんなにも早く包囲網を突破されるとは思ってなかったです。俺の予想では、結局捕まって俺の前に連れてこられるって感じでしたしね」

「そりゃ当てが外れたな。こっちには強い味方がいてな。お前の思い通りにはそうそうならねえんだわ」

　本物の銃を突きつけながら俺は言う。しかしながらそれでもグスタフは、まだ少しも焦りを見せていない。

　だからこそか、余計に何か罠が張り巡らされていることを危惧して緊張してしまう。

「こうして二人っきりで話すのも久しぶりですね。どうです、ウォッカでも。懐かしいでしょう？　まだ俺が傭兵に入って間もない頃、任務が終わった時は、先輩によくウォッカを奢ってもらってましたよね。俺がロシア人の血を引くからって安易に考えて。けどあの時は下戸だったんですよ」

「なら酒の楽しみ方が理解できたようで良かったじゃねえか。俺に感謝してむせび泣きやがれ」

「……先輩には感謝してますよ。先輩には傭兵としての振る舞いをいろいろ教えてもらいましたから。ただまあ……それだけでしたが」

「そんな昔話をするために俺を待ってたってのか？」

「まさか……一つ先輩に提案がありましてね」

「提案……だと？」

「ええ。どうです？　俺と組みませんか？」

「……何言ってやがる？」

「正直言って、先輩ほどの実力者を殺すのは勿体(もったい)ないんですよ。傭兵時代でも、あなただけは周りからも……そして俺も一目置いてましたしね」

「ほう、そりゃありがたいこって。むせび泣いてやろうか？」

「オッサンの涙など俺が喜ぶわけがないでしょう」

フン、これでも嫁さんは俺の涙が綺麗(きれい)って褒めてくれたことがあんだよ。だからまあ、俺にはコイツが必要だって思ってプロポーズして……って、そんな話はどうでもいいか。

「なら答えを聞かせてやる。……寝言は寝て言いやがれ」

「ハハ、やはりですか。まあ……残念ではありますが、嬉しくもありますね」

「あん？」

「だって、あの『万能の鷹(オールラウンド・ホーク)』をこの手で壊すことができるんですから」

膨(ふく)れ上がった奴の殺気を受け、俺は反射的に引き金を引いていた。

しかし俺の弾が貫いたのは、奴が座っていた高級そうな黒革の椅子だけ。

するとテーブルの向こうで隠れているはずのグスタフから、何かが投げ込まれた。

「……！　スタングレネードかっ!?」

俺は咄嗟に耳と目を塞ぎ、放り投げられたスタングレネードから背を向け、扉の方へと飛び込んで廊下へと出た。

直後に耳をつんざくような凄まじい音と光が周囲を蹂躙する。

光が収まると、俺は壁を背にして銃を構え、いつでも攻撃に移れる態勢をとった。

部屋の様子を窺うが、向こうからの発砲が一切ない。

どういうことだ？　奴の気配がねえぞ？

俺は息を殺しながら再度部屋の中へ入って、ゆっくりとした足取りでテーブルへと近づき、奴が隠れているであろうテーブルの向こう側が見える位置に、素早く移動して銃を突きつけた……のだが。

「……いない？」

するとテーブル下の床が開いており、そこには縄梯子がかけられていることに気づく。しかもテーブルには奇妙な箱のようなものが設置されていて、明らかに不自然でしかない。

「あの野郎、まさかっ！」

俺はすぐさま傍の窓に向かって銃を撃ち、そのままダイビングして窓を突き破った。それと同時にだ。案の定、背後から爆発が起きたのである。

「ぐぅぅっ!?」

二階から地面に落下したものの、打ち身はあるが骨が折れている様子はない。上手く受け身を取れたようだ。

そこへ嫌な気配を感じて、その場でグルグルと身体を回転させた。ザクッと、先程まで自分がいた場所にナイフが突き刺さっている。そしてそのナイフを持っているのが――。

「――またお前かよ、小っちゃいの？」

俺は苦笑交じりに立ち上がりながら、相変わらずの無表情でそこにいるクロネコを睨みつける。

「ハハハ、あれでもまだ死なないとは。本当にあなたは大した人ですよ、先輩」

「！　……グスタフ」

いつの間にか部下が運転する車に乗り込んでいるグスタフ。

「先輩、あなたの企みはすべて失敗に終わったんですよ」

「あぁ？　どういうことだてめえ？」

「変な道具で、ガキどもを拘束したようですね」

グスタフの視線の先には、スライムで動けなくなっている子供がいる。

「まあ何かしらの対処をしてくると思いましたが、お見事としておきましょう。しかしそれも想定内のこと」

「想定内……だと？」

「まだ分かりませんか？　先輩たちが攻め込んできて結構な時間が経つというのにもかかわらず、いまだあなたの部下は誰一人として援護に来ない」

「……！」

「いいや、来られないといった方が正しいですね」

「何が言いてぇ？」

「俺の傍にクロネコがいなかったことに疑問を持ちませんでしたか？」

「は？　……！　てめえ……まさか！」

「クク、気づきましたか？　そう、クロネコには雑魚どもの掃除を頼んでおいたんですよ。奴ら全員を制圧してこい、とね。ははは、今頃あなたの大切なお仲間は、仲良くあの世へ行ってるんじゃないですかねぇ」

「そんなっ……!?」

　つまりあのどうでもいい長話は、クロネコが戻ってくるまでの時間稼ぎだったというわけだ。

　俺はキッと目付きを鋭くさせてクロネコを睨みつける。

「そいつ一人に、俺の仲間が全員始末されたってのか？　んなわけねえだろうが！」

「まだ理解できませんか？　クロネコにはそれが可能なんですよ。コレのお蔭でね」

　車から俺に見えるようにグスタフが、銀色の箱を出した。そしてその蓋を開けると、そこには前に見た注入器のようなものが収納されていたのである。

「そ、それは……クロネコが持ってた……？」

「ええ。コレは俺が開発した薬ですよ」

「薬……だと？　まさかそれでガキどもを洗脳して！」

「いいえ、それとはまた別ですよ。これはまあ一種のドーピング薬みたいなもんです」

「ドーピング……？」

「ですがただのドーピングじゃありません。ああ、言っておきますが、度々話題になるようなスポーツ選手が服用するチャチなもんではありません。コレを身体に入れることで、普段の何倍以上もの力を発揮することができるんですよ。人間には常に、力の許容量を越えないためのリミッターがかけられています。それは本能であり、自分の意思で外すことは難しい。しかしこの薬はそれを簡単に取り払うことができるんですよ」

「てめえ……そんなことをすれば……！」

　リミッターというのは必要だから存在するのだ。何故ならそれ以上、自分という器を超えるような力を発揮すれば、身体に無理が生じ亀裂が生まれてしまう。

　そして使い続ければ器は破壊され、下手をすれば廃人……いや、死んでしまう危険性だってある。

「ええ、この薬はある意味で諸刃の剣。実際に投与して死んだガキもたくさんいましたよ」

　そんなことをコイツ、淡々と……っ！

「だがクロネコは、この薬に適応した初めての存在でね。だからこそ最高傑作なんですよ」

「てめえっ、命を何だと思ってやがるっ！」

「さあ……知りたければ辞書でも引いたらどうですか？」

「グスタフゥゥゥゥゥゥッ！」

もうダメだ。今まで俺は、クズと呼ばれる人間をたくさん見てきたつもりだ。傭兵時代には
そんな連中は腐るほどいた。

だがグスタフほどクズを超越した野郎はいなかった。こんなにも怒りを覚える奴はいなかっ
たのだ。

するとクロネコが跳躍し、車の上に飛び乗った。

「これから先輩には、さらに絶望を拝ませてあげますよ」

「っ!?」

「そう、せっかくですから冥途の土産にご覧に入れましょう。グスタフ流のガキの教育という
ものをね。さあ、ついてきてください」

グスタフが乗る車が動き出す。

クロネコに倒されたという仲間たちのことも気になる。しかし今は彼らを信じて、グスタフ
を追うべきだと判断する。そうしなければ、何のためにここに来たのかが分からない。

そう思い、俺は痛む身体に耐えながらも全力疾走で車を追った。

※

自分の思い描いた通りに物事が動いていることにご満悦の様子のグスタフ。

彼が車で向かった先は、キャンプ場の駐車場である。

そこには数台の車が置かれているが、どれも『祝福の羽』が有するものばかり。

そして駐車場の隅の方には、幾つもの巨大なコンテナが立ち並んでいる。

そのコンテナの前に車を停めさせると、グスタフは先に後ろを振り返った。

「まだ先輩は来ないみたいだな。その前に狗飛に準備をさせておくか。おい、コンテナの中にいる狗飛を呼べ」

そうグスタフが部下に命じると、部下は返事をし、一つのコンテナへと近づき、固く閉ざされている扉に設置されているモニターを操作する。

このモニターは暗証番号を打ち込めるようになっていて、それで扉の開閉ができるのだ。

そして中にも同じようなモニターがあり、扉は外からも中からも開閉できる仕組みである。

部下が間違うことなく暗証番号を入力し、扉のロックが外れる。そして重厚な扉を部下が力一杯引いて開けていく。

「おい狗飛、今すぐガキの教育の準備をしろ。もうすぐここに来る大鷹にそれを見せつけ――」

意気揚々(いきようよう)といった感じで中にいるであろう狗飛に声をかけたが、一瞬にしてグスタフの表情が凍り付く。

何故ならコンテナの中は血塗(ちまみ)れで、たった一人の人物だけが床に横たわっていたからだ。

そしてその人物がまさに——狗飛。

彼は首と胴を切り離され絶命していた。

「ご、狗飛……？　ど、どどどどどういうことだぁっ！　何故狗飛が殺されている!?　それにガキどもはっ！　ここに閉じ込めていたガキどもはどこに行ったぁっ!?」

まさに怒号。しかしその声音(こわね)と表情には明らかな戸惑いが張りつけられている。

また部下たちも何が起きたのか理解できない様子で困惑中だ。

そんな中、そこへ一人の男が辿(たど)り着く。

「——どうやら作戦は無事に成功したようだな」

背後から聞こえてきた声に、グスタフが勢い良く振り向く。

「へへへ、どうしたグスタフ？　ずいぶんと想定外なことが起きたようじゃねえか」

「大鷹ぁ……き、貴様、一体何をした？　貴様の部下はすべてこのクロネコが処理したはずだぁ！」

「さあ、な？　知りたきゃ辞書でも引けよ」

「そんなものに載ってるわけがないだろうがっ！　貴様らもジッとしてないで、ガキどもを探しに行けぇっ！」

「「「は、はいっ！」」」

怒気交じりで指示を受けた部下たちが、一斉にその場から動き出す。

そしてそこにはグスタフ、クロネコ、大鷹だけが残った。

「へっ、いいのかよ？　もうてめえを守るのは小っちゃいのだけになっちまったぜ？」

「御託は良い！　クロネコッ、そいつを痛めつけろ！　何があったか吐かせるんだ！」

命令を受けると同時にクロネコが、両手にナイフを構えて大鷹へと迫っていく。

大鷹は、円条（えんじょう）に与えられた《スライム銃》を彼女目掛けて放つが、さすがに簡単にかわされてしまう。

「むう、今のがガキどもを拘束（こうそく）した道具か！」

地面に付着したスライムを見て、グスタフが理解を見せる。

「ちっ、やっぱ真正面からじゃ通じねえか。結局はコイツをどうにかしなきゃな」

大鷹もクロネコと全面的に対決するのを覚悟したようで、ナイフを構えて応戦する。

キィンッ、キィンッ、キィンッ、キィンッ！

凄（すさ）まじい速度で両者の武器が交差し火花を散らす。

「何をグズグズしている、クロネコ！　さっさと制圧しないかっ！　薬を使え！」

クロネコは足を止め、ポケットから薬が入った注入器を取り出し、自分の首に当てる。

「させるかよっ！」

薬の効果と副作用を知った大鷹は、それを止めるべくクロネコに向けて駆け寄る……が、すでにクロネコの方が早く、注入し終わると、その場から霧のように消える。

そして電光石火のごとき動きで、大鷹の背後をついたクロネコは、そのままナイフを大鷹の背中に突き刺す。

しかしナイフは先端が埋もれたくらいで、血液一滴すら噴出しなかった。

前回とは違い、大鷹は防刃ベストを着用してきたのである。そのお蔭で、クロネコの刃を辛うじて防ぐことができたのだ。

もしこれが頭部や首を狙った攻撃ならアウトだったかもしれない。グスタフが殺害ではなく、話を聞きたいがための制圧を命じたからこその結果だった。

「そう何度も何度も貫かれてたまっかよぉっ！」

大鷹はすぐに身体を反転させて、クロネコの細い両腕を掴み、そのまま押し倒す。

地面に背中をついたままクロネコは、大鷹と睨み合う形になる。

「……おい、クロネコっつったな、おめえさん」

「……？」

「いつまであんなクソったれに付き従ってるつもりだ？　おめえさんだって洗脳されてんだろ？」

「……サレテ……ナイ」

「へぇ、ようやく答えてくれたな。なら何でアイツの命令を聞く？」

「……ソレガ幸セニ……繋（つな）ガルカラ」

「ああ？　何だそれ？」

「主ガ教エテクレタ。主ガ笑顔ニナルコトコソガ、ワタシタチ『子供死兵』ノ幸セナノダト」

「っ……ああそうかよ。だがなぁ、それは間違ってるぜ」

「間違ッテル……？」

「ああ。……思い出せ！　おめえさんが忘れちまってる過去をよ！」

「忘レ……テイル？」

「そうだ！　おめえさんの家族や友達のことを！　今ここで——うがぁっ!?」

その直後、大鷹の背中に血飛沫（ちしぶき）が舞う。

そしてその理由は、グスタフである。彼が銃で撃ったのだ。

そのせいで拘束が弱まり、サッとその場から抜け出すクロネコ。

「何をするつもりか知らないが、無駄だぜ！　クロネコは俺の忠実な道具なのでね！」

「ぐっ……の割には、余裕がねえように……見える……けどな」

銃撃の影響で地面を転がる大鷹。かなりの深手のようで立ち上がれないでいる。

「クロネコ、もういい！　そいつはもう殺せっ！　ぶち殺してしまえっ！」

「……了解……デス」

ナイフを逆手に持って、地面に蹲っている大鷹に近づいていくクロネコ。しかし不意に彼女はフラついてしまう。

※

目の前で撃たれている男を見ていると、また例の砂嵐が視界に映る。

そしてあの世界へと引きずり込まれていく。

それはどこかの洋館の中。

周囲に火の手が上がっており、すぐ傍には血塗れの女性が倒れている。

誰かがこの視点主の前に立っている。その誰かの目前にも人が立っていて、どうやら向き合っているようだ。どちらも身形からして男性だと思う。

両者ともに顔がぼんやりとしていてハッキリと認識できない。

すると銃声が聞こえ、傍に立っていた男性が崩れ落ちるかのように倒れる。

『おとうさんっ!』

どうやら倒れたのは、この視点主の父親らしい。必死に縋りついて身体を揺すっている。

だが父親を撃った男が、視点主の身体を脇に抱え歩き出す。

『おかあさんっ！　おとうさんっ！』

倒れている女性は母親のようだ。二人に手を伸ばすが、どんどん離れていってしまう。

――ザザッ！

映像が移り変わり、見たことのある男が目の前に現れる。

それは――狗飛だ。

彼が手にしているのは注入器で、泣き叫んでいる視点主の身体に突き刺した。

瞬間、身体が燃やされているかのような熱と痛みが走る。

痛い、辛い、苦しい。そんな感情がグルグルと渦を巻き始める。

しばらくすると痛みは止むが、今度は全身が脱力し、フワフワとした感覚が始まった。まるで空気に溶け込んでいくかのような不思議な感じ。何も考えられず、何も考えたくない。

……これは誰？　誰の記憶？

ワタシには分からなかった。だが教育されていることだけは分かった。

『さあ、俺の声が聞こえるな？』

狗飛の声音が鼓膜を震わせる。

『お前の名前は何だ？』

『ワタシ……の……名前は…………〝――〟』

名前の部分が聞き取れなかったが、狗飛が舌打ちをして不機嫌なのは分かった。

するると身体に電気を流され、壮絶な痛みが襲い掛かってくる。

その度に意識は覚醒し、涙が零れ、声を荒らげてしまう。そしてまた注入器を打たれ、同じ質問を何度も何度も繰り返される。

一日、二日、三日……。

肉体と精神がボロボロになり、何かきっかけがあれば死を迎えるであろう瞬間。

『お前の名前は何だ？』

またもあの質問。

『ワタシ……ノ……名前ハ…………………ナイ……』

その答えに狗飛は愉快そうに笑う。

別に嘘を吐いたわけでない。ただ本当に、記憶の中に自分の名前が存在しなかったのだ。

そこへ狗飛とは別の人物が近づいてきた。そしてその人物は言う。

『今日からお前の名前は──クロネコだ』

その時、初めてこの記憶が自分の過去のものだと知った。

ハッとなったのも束の間、誰かの声が頭の中に響き渡る。

「──クロネコッ！」

砂嵐が起き、また元の世界へとワタシは戻ってきた。

……今のは……何？　あの洋館での出来事は一体……。

「いい加減に返事をしろ、クロネコッ！」

怒声をぶつけられたワタシは、すぐさま意識を覚醒させ、その声の主――従うべき主を見る。

「急に立ち止まりおって！　まさかもう薬が切れたというのか？　面倒な奴め！　いいか、お前はクロネコだ！　それ以上でも以下でもない！　お前の任務は、目の前の男を殺すことだ！　さっさとしろ！」

主の命令……従わなければならない。そうしないとまた幸せを失う。

……また？　またとは……何？

まるで過去に幸せだったとでもいうのか。それを失ってしまい、また同じ経験をすることに怯えている？

ズキッと、頭に痛みが走る。主の言うように薬が切れてきたのかもしれない。その兆候に似ている。とはいっても、今まで以上に痛みは激しいが。

このまま敵に殺されてしまったら幸せは摑めない。

……嫌だ。幸せに……なりたいデス！

主は言った。幸せは主が喜ぶこと。そうすればクロネコであるワタシも幸せになれると！

「ダカラ……ダカラ……殺サナイトイケナイン……ダ」

ワタシはナイフから、携帯している銃へと持ち替えて、いまだ蹲っている敵に照準を合わせた。

殺さないと……殺さないと……殺さないと……。

ワタシは引き金に手をかけ、相手を確実に殺すべくその頭を狙う。だが何故か指が……手が震える。これも薬が切れたせいか？

これで……幸せになれる……デス！

そう言い聞かせ、銃を両手で支え、引き金を引こうとしたその直後、ワタシの身体に〝ナニカ〟が激突する。

するといつの間にか、転倒してしまっていて、何故か身動きがしづらくなっていた。

見れば、ゼリー状の物体が全身に覆い被さり、ワタシの自由を束縛していたのである。

「んなっ!?　ク、クロネコッ!?　い、一体誰だっ!?」

主が仰天した様子で、ワタシに攻撃をした者に顔を向けた。

そこはコンテナの上であり、その人物は、絶対にそこにはいるはずのない存在だった。

「おやおや、当たっちゃいましたねぇ。僕の腕もなかなかのもんでしょう？」

陽気な様子で姿を見せたのは、以前主との交渉現場で爆死したはずの——円条ユーリだった。

※

それは『平和の使徒』がキャンプ場に車で突っ込んだ頃のことだ。

コンテナ内の檻の中、監禁されている子供たちの中にソルはいた。

「ね、ねえソルちゃん、ほんとに助けが来るの？」

不安そうに尋ねてくるのは、ソルと一緒に囚われている子供の一人。

子供たちは捕まってから碌に食事を与えられていないらしく、痩せ細って憔悴し切っている。

ソルは、友達であるクーちゃんや、子供たちへの仕打ちに、思わず作戦を忘れて暴れ回ってやろうとさえ思ったほどだ。

それでもご主人のことを思い出し我慢した。

そして作戦決行日時まで、ソルは子供たちに希望を持たせるための声掛けをしていたのだ。

もうすぐ助けが来るから頑張れ、と。

そしてとうとうその日がやってきた。

「大丈夫なのです！　もうすぐここから出られるですよ！」

「で、でも……どうやって……誰が？」

子供たちの心配も分かる。でもソルは確信している。何せ自分の敬愛するご主人が動き出したのだ。ならばきっとすべて上手くいく。ソルはそう信じている。

しかし子供たちは、やはり不安そうだ。まだ小さいのだから仕方ないだろうが。

するとその時、

〝ソル、そっちの様子はどうだ？〟

待ちに待ったご主人からの《念話》が届いた。

〝ぷぅ～！　こっちに洗脳されていない子供たちが全員いますですよ！〟

事前にここがどこなのかは、ご主人に伝わっているはずだ。何せソルの身体には、今も《カメラマーカー》がついているのである。これで逐一、周辺を確認できたはずだ。

ソルがここにいる理由は、当然クーちゃんを助けるためだが、他にも優位な状況を作るためである。

モニターを通して子供たちの居場所を確認することができるし、近くにいればご主人と《念話》で連絡も取れる。またここから逃げる際には、子供たちの安全もソル自身が保証することができる。

さすがはご主人の作戦なのですぅ！　素晴らしいのですよぉ！

幸いソルが捕まってから、教育という名の拷問は行われていない。

けれどご主人に言っておかなければならないことがある。

〝ご主人……クーちゃんのことなんですが……〟

〝心配するな。全部分かってる。あとは……俺に任せておけ〟

本当にソルは、この方がソルのご主人で良かった。こんな頼もしい言葉を送ってくれるのだから。だからソルはご主人を信じて、自分のやるべきことをやるだけだ。

〝よし、今から作戦実行するぞ。ソル、檻を破って外に出ろ〟

ご主人の指示が飛び、ソルは不安気な表情をしている子供たちを見る。

「……ちょっと驚くかもですが、安心するですよ」

ソルは大きく息を吸うと、そのまま一気に炎を口から噴き出した。

当然子供たちは全員ギョッとするが、今は構っている時間などない。

ソルの炎は鉄格子をどんどん溶かしていき、しばらくすると子供が通れるくらいの出口が完成したのである。

ソルは啞然としている子供たちにニッコリ微笑むと、

「さあ、ここから出るですよぉ！」

といって、檻の外へ出る。だがその時だ。

ガタンガタンと扉の方から音が響き渡り、ゆっくりと開き始めたのである。

ご主人か――――！

そう喜んだのも束の間、そこから姿を見せたのは別の人間だった。

「……あぁ？　何でガキどもが外に……それにこの熱さは一体……」

子供たちの恐怖の権化。確か狗飛という名の男性がそこに立っていた。

「何をしたか知らんが、どうやらバカな真似をしたようだな」

威圧感のある声音のせいか、子供たちは怯え切ってしまっている。

「さぁて、ちょっと教育が必要のようだな」

そう言いながら、バチバチバチバチと放電を起こすスタンガンを見せつけてくる。教育を受けた子供たちは、それを受けて死んだ者もいる。それを見ているからか、子供たちは完全に萎縮してしまって動けない。

「誰から教育してやろうか……」

楽しそうに狗飛が笑みを浮かべるが、そこへ――。

「――なら今度は、あなた自身が受けたらどうです?」

狗飛の背後から聞こえた声。それはソルにとっては何よりも聞き慣れたものだった。

「――ご主じぃんっ!」

※

俺の登場により、狗飛もハッとして振り向くが、その瞬間に顔面を殴りつけてコンテナの奥へ吹き飛ばしてやった。

その衝撃で、奴は持っていた銃を落としながらコンテナを転がっていく。

「今だソルッ、子供たちを連れてこっちに来いっ！」

俺の指示を受け、ソルが子供たちに逃げるように先導する。

子供たちも倒れた狗飛を見て、今のうちだと思ったのか、一斉に出口へと走ってきた。

そしてソル含めて、子供全員が俺の背後に回る。

「ぐっ……き、貴様……一体……何者だ？」

口から零れ出た血を拭いながら立ち上がる狗飛という名のオッサン。

へぇ、結構頑丈なんだな。

俺は、大鷹さんたちがキャンプ場に攻め入ったと同時に、一人でキャンプ場にある駐車場へと忍び込んでいた。誰にも気づかれないために、あるアイテムを使用していた。

それは《保護色シート》といい、対象物に被せるだけで周りの景色と同化し透明に見える代物で、隠し物などをしたい時に便利なアイテムである。

それを自分の身体に覆っていた。こうすることで外目では確認することができない。

そして子供を救出するために、大鷹さんたちが騒ぎを起こしている隙を見て動き出したのである。

ソルに指令を出して、檻を破壊させ、そのままコンテナも炎で溶かすつもりだった。

しかし駐車場で様子を見ていたら、そこへ一人の男が現れたのだ。それが今、目の前にいる狗飛。

コイツが子供たちを教育と称し、洗脳を実践（じっせん）している人物だということは、ソルを通じて分かっていた。

見た目や名前からして中国人のようだが、どういった経緯でグスタフと手を結んだかは分からない。ただコイツがグスタフと同じく救いようもない悪党だということは確かだ。

「答えろっ！　貴様は一体誰だ！」

「この子の……主ですよ」

俺はソルの頭にポンと軽く手を置きながら発言した。

現在俺は、当然ながら円条ユーリの姿をしている。奴は以前の交渉現場にはいなかったから、この姿を知らないのだろう。

「主……だと？」

「ま、保護者ってことでここは一つよろしくお願いしますね～」

「っ……何ともふざけた奴だ！」

「ふざけてませんよ。ソル、少しここから離れててください。隣のコンテナの陰にでも行ってるんです」

「はいなのです！　ご主人も気を付けてくださいです！」

ソルが子供たちを連れて、その場から立ち去っていく。これでいい。今から起こることをあんな子たちに見せるべきじゃないから。

「まあいい……貴様をさっさと殺し、ガキどもを捕まえればいいだけだ」

「へぇ、やれるんですか、あなたに？」

「舐めるなよ。この俺が実験だけの男だと思うな」

あらら、教育を実験って言っちゃってるし。もう取り繕うつもりはないようだ。

しかし驚いたのは、この男が堂に入った構えをしたこと。

そしてその構えを、俺はテレビか何かで見たことがあった。

「……蟷螂拳ですか」

まるでカマキリの形態を模した俊敏な攻撃を得意とした中国拳法だったはず。

「北派蟷螂拳・師範代――狗飛、参る」

一足飛びで間合いを潰してくる踏み込みを見せる狗飛。

そして懐へ入った瞬間に、まるで滑り込んで地を這うように足技を放ってきた。

俺はそれを後方へ飛んで回避するが、すぐにまた間を詰めてきて、今度は特徴的な形をさせた拳を顔面に向けて突き出してくる。

しかも息も吐かせぬほどの五連撃だ。

だが俺もこれまで何度もモンスター相手に戦ってきた経験もある上、ファンタジーアイテムによる身体能力の底上げというチートも行っている。

故に――。

「……ちっ、まさかこの俺の《前掃腿》からの《五連勾手》を難なくかわすとはな。ならばこれでどうだ！」

再び鋭い動きで接近してくると、またも顔面を狙って攻撃してくる。それを回避し今度は逆に反撃してやろうとするが、サッと視界から狗飛が消えた。

そして俺の顎に向かって、下から蹴りが飛んでくる。

奴は片手で逆立ちをしながら蹴り上げてきたのだ。

「――《穿弓腿》っ！」

咄嗟に向かってきた蹴りを腕でガードし相手の動きを止めたと思ったら、間髪容れず足による二連撃が繰り出されてきた。

フワッと身体が浮いてしまうほどの威力で、俺はそのまま勢いをつけて後転して着地する。

「……これも不発か。やはり貴様、一般人ではないな。相当の格闘術を身に着けているらしい」

いや、完全に自己流ですが何か？

そもそも俺のこの動きは、以前購入した《バトルブック（戦闘技術・基礎編）》のお蔭でもある。これは読むだけで知識が実戦経験となるありがたい書物なのだ。しかも今回の作戦を行う前に、《応用編》を購入し読破しておいた。

加えて《パーフェクトリング》による劇的な身体能力向上を得ている。

故に俺の今の戦闘技術は、狗飛に劣らないものとなっているのだ。

「……しかし残念だがこれで終わりだな」

「……何？　……っ!?」

すると突然目眩がして片膝をついてしまった。

ポタ……ポタ……と、床に血が落ちるのを確認する。見れば俺の腕から血が零れていた。

……さっきの攻撃で……？

しかしただの蹴りだったはず……と思い、狗飛の方を見る。

奴はニヤニヤと優越感のある表情を浮かべながら、靴のかかとを強く床に打ち付けた。それと同時に、爪先部分から針のようなものが出現する。

「どうだ、俺が調合した毒の味は？」

なるほど……毒針ってことか。

「全身が痺れて動けまい」

……ん？　いや、確かに痺れてるが動けないことはない。これも恐らくは《パーフェクトリング》で身体強化されているからだろう。

それとこの右手に嵌めている手袋のお蔭で、若干の毒耐性も備わっているのだ。

俺はこんなこともあろうかと思い、予め用意しておいたものをポケットから取り出す。それは小瓶で、歯で蓋を開けてそのまま飲み干す。

「まだ動けて……いや、今飲んだのは何だ!?」

俺の身体が淡く発光すると、すぐに痺れが消失していく。

そして光が収まり、スッと何事もなく立ち上がると、当然狗飛は驚愕の声を上げる。

「ば、馬鹿なっ！　どうして立てるっ!?」

「さあ、どうしてでしょうねぇ」

答えは簡単。飲むだけで毒や麻痺など、あらゆる状態異常を回復してくれる《キュアポーションン》というファンタジーアイテムを服用したからだ。

C・B・A・Sとランクがあり、当然ランクアップするごとに、効果比率も値段も高いが、今回は奮発して〝A〟の30万円を用意しておいた。

これなら即死級の状態異常でなければ、基本的に正常な状態へと戻すことができる。ただし異常の強さで、治療する時間が長くなってしまうが。

「にしても拳法家が毒針を使うなんて。蟷螂拳は暗器使いじゃないでしょうに」

「っ……何をしたか分からんが、今度は動けなくなった瞬間にトドメを刺してやる」

「あー悪いですけど、それはもう無理ですよ」

「あ？　何を言って――っ!?」

突然、ガクンッと両膝を折ってしまう狗飛。

「こ、こりぇ……は……いっぴゃ……い……？」

どうやらもう呂律すら回らなくなったようだ。俺はそんな彼に向かって静かに歩き出す。

「やれやれ、効果は絶大だが全身に回るまでには結構時間がかかるんですよね」

何が起きているか分からずパニック状態になっている狗飛に種明かしをしてやる。

「コレ、何か分かりますか？」

俺は右手を見せる。いや、正確には右手に嵌めている紫色の手袋を、だ。

「まさかあなたも毒を使ってくるとはね。実は……僕も同じだったんですよ」

「にゃ……んだ……と？」

男が〝にゃ〟と言っても可愛くないなと思いつつも説明を続ける。

「コレはね、《ポイズングローブ》といって、対象に触れるだけで毒化させることができる優れモノなんですよねぇ。まあ、その分、そこそこの値は張りますが」

「しょ、しょんな……もにょが……あるわけ……そりぇに……おりぇは…………おみゃえに……ふりぇらりぇたおびょえにゃど……っ!?」

「何言ってるかサッパリ分かりませんが、多分こう仰りたいんですよね。俺はこの手で触れられた覚えなんてない、と。けどよ～く思い出してください。ヒントは僕との初めての出会い」

「…………っ!? ま、ましゃか……あにょとき……か!?」

気づいたようだ。

まあ別に引っ張るようなことじゃない。最初にコイツを殴ったその時、すでにこの右手には手袋を装着していたのだ。

「つまり最初からあなたはもう詰んでたってことですよ。はい、謎解き終わりー」

俺の言葉に絶句する狗飛。そんな彼を、今度は俺が表情を崩し、冷たい視線をぶつける。

「……今までお前はこうして子供たちを見下し、教育と称して拷問してきたんだろ？　そして数多くの命を奪ってきた」

「……っ!?」

「なら今度は逆に奪われる覚悟をしなきゃなぁ」

俺は《ボックス》から一本の刀を取り出す。特殊な能力はない。ただ切れ味の鋭い、人を殺すためだけの武器だ。

「みゃ、みゃって……くりぇぇぇぇぇっ！」

すでにこの後、自分に起きる結末を予想してか、絶望の表情を浮かべている。

「本当に安心するよ。お前のようなクズが相手でな。じゃあな、カマキリ野郎」

身動きのできない狗飛の首目掛けて刃を一閃する。

鈍い輝きが走り、ゴトリと狗飛の頭部が床へと落ちた。

そして切断された部分からは噴水のように血液が放出されている。

俺は刀を振って血を飛ばしたあと、スッと鞘に納めた。

そのまま踵を返してコンテナから出て扉を閉めると、オートロックなのかガチャリという音とともに固く扉は閉ざされる。

それからコンテナの陰に隠れているであろうソルと合流し、子供の護衛をしながら駐車場の外へと一緒に向かう。

そこには『平和の使徒』が用意したトラックがあり、その荷台に子供たちを乗せていく。ここまでは作戦通りに上手くいっている。

あとは洗脳された子供たちを回収し、グスタフを潰すだけだ。

子供たちの回収は、ここにいる『平和の使徒』たちに任せる。

俺は最後の一仕事に向かうだけ。

「ソル、ここの防衛はお任せしましたよ」

「はいなのです！　子供たちはこのソルがぜ〜ったいに守りますです！」

『平和の使徒』だけでは心配だが、この子がいれば問題はないだろう。

ただすぐにソルは懇願するような表情を浮かべる。

「だから……だからご主人、クーちゃんのこと……お願いするです！」

「……言ったでしょう、あとは任せておけと」

「！　……はいですっ！」

俺は、再びコンテナがある駐車場へと戻った。戻る際に、数人のグスタフの部下を発見したので、放置する意味もないので始末しておいた。

そしてそこには先程はいなかったグスタフやクークラ……いや、今はクロネコか、そしてそのクロネコとバトル中の大鷹さんがいたのである。

俺はある一仕事を、誰にもバレないように《保護色シート》を使ってこなしつつ、それが終わってからコンテナの上に乗った。ここからなら援護しやすいと思ったからだ。

すると、大鷹さんが今にもクロネコに殺されそうだったのである。

ここで大鷹さんを失うわけにはいかないので、仕方なく《スライム銃》でクロネコを撃ったのだ。てっきり避けると思いきや、そのまま命中したので驚いた。

彼女のこれまでの戦闘センスを見れば、回避すると思ってのこれだ。

だから俺は――。

「おやおや、当たっちゃいましたねぇ。僕の腕もなかなかのもんでしょう？」

ついついそんな言葉を発してしまったのであった。

「――何故だ……何故貴様がこんなとこにいるっ！　いいや、貴様はあの時死んだはずだぞっ、円条ユーリッ！」

絶妙なタイミングで登場した俺を見て、グスタフが信じられないという面持ちで叫んでいる。

「にゃはは～、まあネタバレをするとしたら……あれは嘘でしたー、ですねぇ」

「ふ、ふざけるなっ！　あのような状況からどうやって逃げ出せるというんだっ！」

まあ混乱するのは分かる。コイツにとっては想定外なことばかりが次々と起きているのだから。

信頼を置いている狗飛の死。子供たちの消失。円条ユーリの登場。

どれもこれも、グスタフにとっては大打撃でしかない現実だろう。

俺はコンテナから降りると、動揺しながらもグスタフが銃を向けて撃ってくる。

「――《防弾マント》」

《ボックス》から取り出した一枚の赤い布。それを俺は全身に被り、そのまま佇む。

すると弾は、その布に着弾するとバチンッと弾けて消失する。

「んなっ!?　何だそれはっ!?」

何度も何度も銃弾を放ってくるグスタフだが、この布はすべての弾を通しはしない。

何せこの布は、その名の通り弾を防ぐ効果を持つのだから。ただし百発限定。マシンガンや散弾銃相手だと、すぐに耐久性が衰えて少し辛いかもしれないが。

そこへ弾がなくなったのか、新しいマガジンを装弾して、再びグスタフが俺に向けて撃とうとしてくるが、銃を所持している手が乾いた音とともに跳ね上がった。同時にその手から血が迸る。

「ぎっ……がぁっ⁉」

痛そうに顔を歪めるグスタフが、射殺さんばかりの視線を大鷹さんへ向けた。

そう、グスタフの手を撃ち抜いたのは大鷹さんだったのである。

「へへ……いつまでも好き勝手できると……思うなよ？」

なかなかカッコ良いじゃないか、大鷹さんよ。

「くっ……大鷹ぁぁぁぁぁぁぁぁあっ！　クロネコォッ、いつまで寝ているっ！　さっさとコイツらを始末しやがれぇっ！」

だがそのクロネコも、スライムに阻まれてしまっている。唯一自由になっている右手でスライムを引き千切ろうとしているが無駄だ。

「ええいっ、コレを使えバカ者がぁっ！」

そう言いながら、グスタフが銀色の小箱から、液体の入った注入器を取り出してクロネコの方へ投げつけた。

クロネコはそれを受け取ると、自分の首に当てようとする。

「もう止めろっ、嬢ちゃん！　それ以上やったら本当に身体が崩壊しちまうぞ！」

大鷹さんがクロネコを心配して叫ぶ。

「おめえさん、さっきからずっと辛そうな顔してんじゃねえか！　もう限界なんだろう！　それ以上はマジで死んじまうぞっ！」

「聞く耳を持つなクロネコ！　貴様はこの俺の命令にだけ従ってさえいればいいのだ！」

「黙れグスタフッ！　これ以上ガキを痛めつけんじゃねえ！　嬢ちゃん、止めろっ！」

果たして大鷹さんの言葉はクロネコへと届くのか。

実際に彼の言葉で手を止めているところを見ると、クロネコも完全に自我が崩壊しているわけではなさそうだ。これなら思い留まる可能性が……。

「やれぇ、クロネコ！　このままじゃ死ぬぞ！　幸せを失ってもいいのかぁぁっ！」

しかしやはり、長年グスタフの言葉だけに従っていただけはあるのか。クロネコは注入器をピタッと当てた。

「幸セ……ワタシノ……幸セ……死ニタク……ナイ……ッ」

注入器の液体が、どんどん彼女の体内へと流れ込んでいく。

「このっ……バカ野郎がぁ……っ！」

自分の声が届かなった事実に項垂(うなだ)れる大鷹さん。

そして薬が入ったことにより、クロネコの様子が一段と変化し始める。

「ギ……ギギギガガッ……グゥウゥウ……アッガァアアァッ！」

見ていられないほどの壮絶(そうぜつ)な表情を浮かべ、獣のような咆哮(ほうこう)を上げるクロネコ。

するとと驚くことに、スライムから湯気が立ち昇ってくる。いや、スライムからじゃない。あれは……クロネコからだ。

スライムは堪らないといった感じで、自らクロネコの身体から離れていく。

……スライムは熱に弱い。ということは、クロネコの身体はそれほどの熱を発しているって
ことか。

クロネコは全身を真っ赤にさせ、湯気を発しながら立ち上がる。

「ゼェ……ゼェ……ゼェ……」

目は大きく見開かれ、口からは涎が零れ落ちている。その表情はまさに獣のようだ。しかし
苦悶の表情にも見えて、どこか痛々しさを感じさせた。

「よ、よし！　よくやったぞクロネコ！　それでこそ俺の人形だ！　さあ、我が最高傑作よ！

今すぐ敵を排除しろ！　この俺の……主のためにっ！」

どうやらクークラという名前すら、グスタフが侮蔑を込めて名付けたものだったようだ。

「ア……ルジ……ノ……タメ……ニィ……ッ」

最早自意識すら失ってしまったような感じだ。明らかに無理な薬の投与で、クロネコという
小さな器は崩壊しかかっている。

その証拠に――。

「ど、どうしたクロネコ？　何故動かない⁉」

動かないいんじゃない。動けないいんだ。

大鷹さんの言っていた通り、もう限界なんだろう。これまで普通では耐えられない薬を、何年も行使し続けてきたのだ。そのツケが一気に現れた。

クロネコはそのままガクッと膝を折って、前のめりに倒れてしまう。

その時、彼女の懐から何かがハラリと落ちた。

それは一枚の栞。そう、俺がクークラにあげた四つ葉のクローバーの栞だったのである。

「ク、クロネコッ!? な、何をしている！　誰が寝ていいと言ったっ！」

状況が分かっていない様子のグスタフ。

見れば分かるだろ。もう立ち上がることすらできねえよ。

俺はそう思いながら、ゆっくりとした足取りでクロネコの元へと向かった。

そして彼女の目の前で立ち止まり、ゆっくりと屈んだ。

※

「ア……ア……アル……ジィ……」

ワタシは最後まで主のために動く道具だ。道具に徹することが幸せに繋がるのだ。

しかし身体が思うように動かない。まるで炎の中に身を投げ入れたような熱さと痛みが全身を襲う。

それでも主を守ろうと、彼に向けて手を伸ばす。

そんなワタシの前に、死んだはずの人間――円条ユーリが立った。

近くにいる。もっと近くに……そして殺す。殺さないと……！

だがその時だ。ワタシは驚愕の光景を目の当たりにしてしまう。

「ああクソがっ！　この役立たずめっ！　ならばそいつもろとも吹き飛んでしまえぇぇっ！」

視界の先にいた主が、手榴弾を手に持って、こちらに向かって投げつけてきたのだ。

嘘……これじゃワタシも死んで……！

その時、ワタシは目の前に落ちている栞に気が付いた。

何故だろう。たかが一枚の栞。なんの変哲もないそれを、ワタシは縋るように、そして守るようにギュッと掴んだ。

幸せの象徴とされるそれを……傷つけたくないって思ってしまったのだ。

だが次の瞬間、どういうわけか円条ユーリがワタシの身体の上にのしかかった。

次いで耳をつんざくほどの爆音が響き渡る。

これでワタシも消し飛んだと思われた……が、そうはならなかった。

ゆっくりとワタシの上から起き上がる円条ユーリは、その自分の身体に被せてあった赤い布をサッと取ると、平然とした様子で主を見つめる。

「う、嘘だ……何だ……何なんだお前はぁぁっ！」

まったくもって無傷の円条ユーリとワタシを見て愕然(がくぜん)とする主。

「まあこのマントは特別製なんですよ。銃弾でも爆弾でもドンとこい、ですねぇ」

一体どうしたら身近で爆発した手榴弾から無傷で生還できるのか。ワタシも兵器の勉強をしたし、実践(じっせん)したこともあるので、その威力は理解している。

普通は即死しているはずだ。

そう……死んでいるのだ。

……あれ？　じゃあ何でワタシは生きているのデスカ？

理由は明白だ。今、ワタシの目の前にいる人物が、わざわざその身を挺(てい)して庇(かば)ってくれたからだ。

何でワタシを？　敵だというのに……？

それが不可思議で、ワタシは円条ユーリの背中を見つめた。

その光景が、あのいつもの世界をフラッシュバックさせる。

——ザザザッ！

来た、砂嵐だ。あの世界がまたワタシの世界を侵食してくる。

視点を持つ者を庇う様に立っていた男性が、目の前の人物に銃で撃たれて倒れ込む。

この男性が、視点を持つ者の父親だということは分かっている。そして傍には母親もまた血(ち)塗(まみ)れで倒れている。

『ちっ、手間をかけさせやがって。火の回りも早い。早くこのガキを連れて脱出するべきだな』

その時、不意に声が零れる。何だか聞き覚えのある声だ。

そして視点を持つ者が、銃を持っている人物に抱えられ運ばれていく。

――ザザッ！

今度はこれで元の世界が戻ってきた。

……今の声は？　銃を持っている人物の？

ズキズキズキッと、激しい頭痛が襲い掛かってくる。

痛い……痛い……痛い痛い痛い痛い痛い痛い痛い痛い痛い痛い痛いっ！

この痛みは嫌だ。もうたくさんだ。誰か……誰か――この痛みを取って！

すると――ポン……と、ワタシの肩に温もりのある何かが触れた。

そして……。

「……君はこのままでいいんですか？」

……………え？

「偽物のままで、真実を知らないままで殺されても……納得できるんですか？」

それは円条ユーリの声だった。彼がワタシの肩に手を置いて喋っている。

「ニセ……モノ？」

「そう、君にとっての本物は今の君じゃない。今の君は、あの男が作り上げた虚像なんですから」

この人は……何を言っているのだろうか？　偽物？　虚像？　真実ってどういうこと？

「君が望むなら、忘れさせられているであろう過去を取り戻してあげますよ」

過去？　忘れさせられて……いる？

「はっ！　何を言っている！　まるで洗脳を解くことができるような言い回しじゃないか！　だがそれは無理だ！　何年だと思っていやがる！　もう六年だぞ！　この六年間、ずっと教育を受けさせ続けてきた！　クロネコはもうクロネコでしかないんだよっ！」

主が叫んでいる。今……洗脳って口にしたが、聞き間違いだろうか。

でもそうだ。この六年。ずっと主と一緒に過ごしてきた。様々な教育を受け、立派な暗殺者として、主の道具として生きてきたのだ。

でも……ワタシはどこから来たのデスカ？

不意にそんなことを思った。そういえばワタシはどこで生まれ、どこで育ったのか。

主に会う前のワタシは…………どんな子だったのデス？

そう思うだけで、また例の頭痛がワタシを苦しめる。

「アイツの言うことに耳を貸さなくてもいい。ただ自分の想いに従うんだ。……君は、本当に自分の過去を知りたくはないのか？」

「カ……コ…………シリ……タイ」

「っ！　クロネコ！　貴様には過去など必要ない！　貴様には任務さえあればいい！　この俺の命令にだけ従っていればいいんだっ！」

主が怒っている。これはいけないことなのだ。

しかし何故だろうか。円条ユーリの言葉が、ワタシの心を揺さぶってくる。

「洗脳は強烈に仕込んである！　言葉だけでどうにかなると思うなよ、小僧がっ！」

勝ち誇ったような顔をする主に対し、円条ユーリは不敵な笑みを浮かべて言い返す。

「言葉だけじゃ無理かぁ……なら、こっちはファンタジーの力に頼るだけだ」

円条ユーリが自分の懐に手を入れ、そして小瓶を取り出すと、ワタシを仰向けにして抱きかかえ、小瓶の中に入っている液体を、口内へ注ぎ込んできた。

何の液体なのかはサッパリ分からない。味も今のワタシには理解できない。

ただその液体が体内へ落ちていく度に、奇妙な清涼感が全身を包む。

気づくとワタシの身体が淡く発光しているのだ。

「な、何をしている？　何故クロネコが光ってるんだ⁉」

確かに人間の身体が発光するなんて驚きだろう。主の気持ちも分かる。

しかしそんな発光現象を引き起こしているワタシだが、どんどん視界がブラックアウトしていく。

あぁ……もしかしてこれが死デスカ……。

それはまるで春の陽だまりの中、日向ぼっこでもしているような感じ。

あまりにも穏やかで優しい感覚に、思わずそんなことを思ってしまった。

この日溜まりにも似た温もりが、ワタシの心の奥底で固く閉じられている扉を開いていく。

『――ジュ…………ロー…………ジュ？　…………ロージュ！』

暗闇の中で聞こえる女性の声。

そして次に視界が開けた時、ワタシは息を呑んだ。

『あら、ようやく起きたわね、お寝坊さん？』

そこには慈愛の溢れた笑顔を浮かべる女性がいた。

『まったく、今日はあなたの六歳の誕生日だというのに。絵本を読みながら寝ちゃうなんて。

ほら、もうすぐお父さんも帰ってくるわよ』

その声は間違いなくワタシに向けられていた。

……ワタシ……知ってるデス。

『――ただいま』

そこへ一人の男性が部屋の中へ入ってくる。

『あ、おかえりなさいあなた。ロージュも首をなが～くして待ってたわよ。まあ待ち過ぎて寝ちゃってたけど』

『はは、ごめんごめん。でもちゃんと間に合っただろ？　やあロージュ、ただいま』

そう……ワタシは知ってるデス。

この人は……ううん、この人たちはワタシの――お父さんとお母さん。

そしてワタシの本当の名前は――ロージュだ。

今日はワタシの六歳の誕生日。いつも忙しいお父さんだが、こうして早く仕事を終わらせて帰ってきてくれたのだ。そしてこれから家族一緒に誕生日パーティをする予定だった。

目の前には豪華な料理の数々。そして……ワタシの大好物のピロシキもたくさんあった。

そうデス……思い出しました………あの時、ワタシは……とっても嬉しかったのデス。とっても……幸せだったのデス。

お父さんの仕事の関係で、家族一緒に食事をすることが滅多になかった。だから今日は最高の日だった。

……しかし、その最高の日に、あの出来事が起きたのである。

『な、何だ、君たちは!?』

突然家の中に入ってきた男たちに、お父さんが叫ぶ。お母さんもワタシを抱いて逃げようとする。

思い出してきた。そしてこのあと、最悪の悲劇が襲い掛かってくる。

ワタシを抱いて部屋を出ていこうとするお母さんの前に立ち塞がった男がいた。

その顔を見てワタシはギョッとする。

それはまさしく——狗飛だったからだ。

狗飛はお母さんを突き飛ばし、倒れた衝撃でワタシはお母さんの腕から離れて床を転がってしまう。

すぐにお母さんがワタシを守ろうと手を伸ばすが、その背中を狗飛に銃で撃たれてしまったのだ。

『お、おかあさぁぁぁぁぁんっ！』

ワタシはすぐにお母さんに駆け縋る。

すると男たちが家に火を放ったのか、あちこちから煙と火が立ち昇っていく。

そんな中、別の入口から男が一人姿を現す。

そしてその人物こそが————主であるグスタフだった。

『金目のものは奪わせてもらった。あとはそのガキをもらって逃げるぞ』

グスタフの言葉で、他の男たちが部屋を出ていく。

『な、何故こんなことをするっ！』

お父さんがグスタフを睨みつけながら怒号を上げる。

『何故？　必要だからしたまでだ。ああ、安心しろ。貴様のガキは、俺が立派に使ってやるからな』

『ロージュは誰にも渡さんぞっ！』

お父さんがワタシの前に立って守ろうとしてくれる……が、そのあとにグスタフに銃で撃たれ、床に倒れてしまった。

両親を殺され、泣きじゃくるワタシをグスタフが脇に抱える。

そうしてワタシは、グスタフの拠点へと連れ帰られ、そこで狗飛による教育を受け、クロネコという『子供死兵（ジェーチ・アルージエ）』に作り上げられてしまったのだ。

それからワタシは、過去を失い、ただただ主のための道具として任務に就（つ）いた。

この手で数え切れないほどの命を奪い、子供を攫（さら）って幸せな家庭を壊してきたのだ。

全部……そうだ。全部…………思い出した。

「ワタ……シ……ハ……クロネコ……」

「！　そうだ、お前はクロネコだ！　この俺の忠実な『子供死兵』だ！」

「——チガウッ！」

すべてを思い出したワタシにとって、もう主……いや、グスタフの言葉は無価値だった。

「ワタシ……ハ……ワタシノッ……ナハ——〝ロージュ〟ダァアァッ！」

それが大好きな両親に授かった名前。

「ば、馬鹿な……！　まさか記憶が……洗脳が解けたというのか!?　一体何故……どういうことだこれはぁっ！」

余程想定外だったようで、グスタフは目を丸くしたまま固まっている。

「ヨク……モ……ヨクモッ……オトウサン……オカアサン……ヲ……コロシタナァァァァッ！」

ワタシにはもうグスタフしか見えなかった。ただただ奴に対する怒りと憎悪だけが膨らみ、今すぐその首を刈っ切ってやりたい衝動にかられる。

ワタシが落としたナイフを拾い上げ、必死に立ち上がりながらグスタフを睨みつける。

グスタフもまた、ワタシの気迫に押されたように表情を強張らせる……が、

「……ガ……グゥッ」

せっかく立ち上がったにもかかわらず、体中の血管から出血し、ワタシはまた倒れてしまった。

「！　……は……はは……ははは！　馬鹿めっ！　もう貴様の身体は限界をとうに超えているんだ！　六年ももったのは奇跡だったが、お前のお蔭で良いデータが取れた！　狗飛を失ったのは痛いが、これでより完璧な『子供死兵』を生み出せる！　クロネコ、洗脳が解けた貴様にはもう用はない！　そのまま朽ち果てるが良い！　はははははは！」

……悔しい。やっと……やっとすべてを思い出せたのに。

本物を……真実を手にできたのに。

それなのにここで終わるなんて。悔し過ぎる。

けどもう……身体が動かない。ワタシは………死んでしまう。

「しょせん貴様という存在は、俺の掌の上で踊っていただけに過ぎん！　マリオネットのまま……人形のままでいれば良かったものを！　この愚か者めがっ！」

こんな外道に、何もできない悔しさに打ち震える。

……ごめんなさい、お父さん、お母さん。ワタシは……。

お願いデス、神様。たった一度、たった一度だけでいいデス。ワタシに立ち上がる力を──くださいデス！

ワタシはそう願い、手に持っている四つ葉のクローバーの栞を強く握り締めた。

「────仇を討ちたいか？」

不意にワタシに向けて言葉が発せられた。

思わず「エ？」と見上げたその先には、ジッと真剣な眼差しをした円条ユーリがいた。

※

今にも消えそうな命の灯。それは一目見て分かった。

それでも瞳の奥には強い意志を感じた。

自分をこんな目に遭わせた者への怒りと、生きることへの執念が。

「心も身体も穢され、それでもなお諦めないのならば、その機会をお前に与えてやる」

「……!?」

「このまま朽ちるか。それとも……こんな理不尽をぶち壊したいか、選ぶのはお前だ、クークラ……いや、ロージュ」

「っ…………カダギ……ヲッ……ウヂダイィッ!」

涙ながらに全力で叫ぶロージュ。

「良い……覚悟だ」

俺は、あらゆる病気や障害を取り除くことができる《エリクシル・ミニ》を取り出し、彼女に飲ませてやった。

「ひゃはははは っ! 何をしたところでそいつはもう終わりだ! ガラクタなんだよ!」

倒れているロージュを見ながら嘲笑うグスタフ。本当にうるさい奴だ。

「……そいつはどうかな」

「あん?」

俺はロージュを隠すように彼女の前に立ってグスタフと睨み合う。

「確かに現代世界には、コイツを治す奇跡は存在しないだろうさ。けどな……ファンタジーはそれを可能にしちまうんだよ」

「な、何を言って……っ!?」

全身からオーロラを纏ったかのような輝きを放ちながら、ロージュがゆっくりとだが確実に立ち上がる。

俺がサッと横に身体をずらすと、すべての症状を回復させたロージュが両手にナイフを持ちながら立っていた。

「な、なななななぁぁあっ!?」

顎が外れんばかりに大口を開けて驚愕しているグスタフ。

「さあ、お前のターンだ、ロージュ。――行け！」

俺の言葉で身を屈めたロージュが、真っ直ぐグスタフへと駆け寄っていく。

「そ、そんな馬鹿なっ!?　クッソォォォォォォッ！」

グスタフがその場から逃げ出そうと、ここへ来たであろう車へと乗り込む。

そしてエンジンをかけようとするが――。

「な、ない!?　キーはどこだ!?」

そこでフロントガラス越しに、グスタフが俺を見る。俺は奴に見えるようにキーに繋がれた輪っかに指をかけてグルグル回して見せた。

そう、ここに戻ってきた際にやった一仕事とは、車からキーを取り除いておくこと。これでグスタフの逃げ足を奪ってやったのだ。

「こ、小僧がぁぁぁぁぁぁあっ！」

叫びながらもグスタフは、車に設置されているコンソールボックスを開けて銃を取ると、そのまま外に出て俺に向けて発砲しようとした。

――ドンッ！

「……え？」

いつの間にか車のボンネットには、ロージュが飛び乗っていた。

そして物凄い怒りの形相でグスタフを睨みつけていたのだ。

「ク、クソッ！」

標的を俺からロージュに変更しようと銃を向けるが、彼女の動きの方が速く、銃を持っているグスタフの右肩に向かってナイフを投擲する。

「あっがっ!?」

痛みにより身体を硬直させたグスタフに、追い打ちとばかりに、奴の顔面に跳び蹴りをかましたのである。

「ぶふへぇっ!?」

吹き飛ぶグスタフ。衝撃で銃が宙に放り投げられるが、ロージュが車から飛び降りる際に、その銃をパシッと手に取る。

そして倒れたグスタフのすぐ傍まで降り立つと、そのままスッと銃を突きつけた。

この流れるような一連の動きには、何一つ無駄などなかった。むしろ見ているこっちが感嘆するほどの流麗さである。

この動きもまた、グスタフが躾けたものなのだろう。何とも皮肉なことだろうか。自分のために授けた暗殺術のせいで、自分が追い詰められているのだから。

「ま、まままま待てっ！　クロネコッ、早まるんじゃない！　おおおお俺はお前の主だぞぉっ！」

必死に助かるように言葉をかけるグスタフには、もう余裕の欠片すらも残っていない。

しかし一切表情を変えないロージュを見て、上から目線ではダメだと思ったのか、

「頼む！　償うから！　何でもする！　何でも償うから命だけは助けてくれぇぇえっ！」

今度は下手に出てきた。本当に情けないとしか言いようがない。

「ワタシはクークラでもクロネコでもない」

「……へ？」

「そしてお前は……ワタシが憎むべき〝敵〟だ！」

「ま、待っ――」

「覚えておけ！　ワタシの名前は――ロージュだっ！」

乾いた音とともに、グスタフの眉間に銃撃が放たれる。

さすが、見事な一撃だ。

グスタフは、引き攣った絶望の表情を浮かべながら、そのまま前のめりに頭を垂れて屈した。

その光景はまるで、地面に頭を擦りつけてロージュに許しを乞うている土下座そのものだった。最後の最後は、クズに相応しい死に方をしたのではなかろうか。

「……終わったようだな」

そこへ満身創痍といった感じで近づいてきたのは大鷹さんだ。

「ズタボロですね。治療薬いりますか？」

「……頼む」

「はい。後払いでお願いしますね」

「……ちゃっかりしてやがらぁ」

俺は彼に《ヒールポーション》を渡してやると、それを飲んで回復した。

そして事切れたグスタフをいまだに見つめながら固まっているロージュを見る。

そんなロージュを見て、俺は何であそこまで彼女に手を貸してやったのかと振り返っていた。

正直、グスタフがロージュに対して投与しつづけていた薬がここまで酷いものだったとは驚きだった。

国家が機能していたら、間違いなく警察が動くほどの代物だろう。

薬の副作用で、変わり果てていくロージュを見て哀れでしかたなかった。

彼女もまたグスタフに攫われた子供の一人であり、死ぬような拷問の末、何とか耐え生き抜いた。しかしその結果、得られたのは過去の自分を失い、人を殺すためだけの道具になること。

悲劇という言葉では語れないほどの何とも最悪な人生だろう。

まだ子供なのに……。

そんな思いがあったためか、俺はグスタフに投げつけられた爆弾から彼女を咄嗟に守ってしまっていた。

そして、こんな子供たちを生み出してきたグスタフに怒りを覚える。

だからか、グスタフには思い知らせてやりたかった。奴の勝利を確信したその表情を、絶対零度のごとく凍り付かせてやりたいと思ったのである。

またボロボロになりながらも、自分の意志を貫こうとするロージュの姿が、少し前の自分と重なった。

どんな理不尽な目に遭わされても、絶対にその理不尽に屈しない反骨精神。

故にか、俺はロージュを復活させ、グスタフが一番後悔するであろう選択をした。

それは自身が最高傑作を誇る道具に裏切られ殺されること。

そして見事、ロージュはその手で仇を討つことに成功した。

俺はもう動かなくなったグスタフに向けて、たった一言だけ口にする。

「――ざまあみろ」


俺とソル、そして『平和の使徒』による『祝福の羽』壊滅作戦は成った。

そして解放した子供たちを乗せたトラックが、ある場所へと向かう。

すると驚いたことに、そこにはソルに無力化されている数人のグスタフの部下がいた。

聞けば、奴らは子供たちを探していて、その道中にこのトラックを見つけて攻めてきたとのこと。

しかしソルによってあっさりと一網打尽にされたらしい。

ああ、俺が駐車場に行く時にも会ったが、他にもいたんだな。

その数人がココへ辿り着いていたというわけだ。まあ彼らにとったら災難だっただろう。何せココでは俺たちの中でも最も強い存在が守護していたのだから。

そんなソルは、何故か子供たちの人気者になっており、まさにヒーロー扱いだ。

ソルに抱き着いて「すっごいすっごい！」とはしゃいでいる子もいる。

そしてソルもまた、無事に再会できたクークラ……いや、ロージュに抱き着いて喜んだ。

ロージュも戸惑いこそ見せていたが、ソルの無垢な気持ちに胸を打たれたかのように、一緒に涙を流して抱きしめ合っていた。

「大鷹さん、仲間は無事ですか？」

「今確認に向かわせてるところだ」

大鷹さん曰く、三台の戦闘車両に乗っていた仲間たちは、ロージュに始末されたとグスタフから聞いていたらしいが。

そうこうしているうちに、三台の車がここへ走ってくるのが見えた。

荷台には《スライム銃》の効果で動けなくなっている子供たちを乗せており、仲間たちも怪我こそ負っているものの、全員命には別状ないとのこと。

そこで俺たちは疑問を持った。どうしてロージュは、彼らを始末しなかったのかということだ。

「……ワタシがグスタフに命じられていたのは制圧デス。だから意識を断ち切っただけなのデス」

グスタフも、しっかり殺せと命じていれば、今頃彼らの命もなかったのだろう。こればかりはグスタフのミスに感謝するばかりだ。

ただ本当にたった一人で制圧した事実には本当に恐れ入る。薬の力があったからでもあるが、彼女自身の戦闘センスは、やはりずば抜けているのだろう。

それから洗脳を受けている子供たちに《キュアポーション》を使って正気に戻し、傷を負った者には《ヒールポーション》を授けた。

もちろんこれらの対価は全部『平和の使徒』持ち、でだ。

ちなみにグスタフに囚われていた大鷹さんの仲間たちも救出できた。部下の一人に、傷が酷く危うく死にそうだった奴もいたが、俺の薬で何とか間に合ったのである。

そして俺はというと、薬を渡したあとに、一人でログハウス周辺へと舞い戻ってきていた。

目的はもちろん、グスタフたち『祝福の羽』が所有していた財産を奪うためである。

調べてみると、ログハウスには地下室へ通じる隠し通路があり、その先にあった小部屋には、ジュラルミンケースが幾つも置かれていた。

中を確かめてみると、前に見たロシア紙幣や宝石、武器などが収納されていたので、ありがたくすべて頂くことにしたのである。

当然すべてすぐに売却し、残高が一気に五億以上も増えたのだった。

会社を立ち上げているし、闇の世界で儲けているのだからもっと持っているかと思ったが、本社は海外にあるのを思い出し納得する。

そういえば日本に来てまだ間もないということだったし、こんな場所を拠点としていることからも、手持ちはそれほど多くはなかったのだろう。

残念ではあるが、それでも確実にプラス収支となったためにＯＫとした。

エピローグ

“SHOPSKILL”
sae areba
Dungeon ka sita
sekaidemo
rakusyou da

現在俺は、鳥本（とりもと）の姿で、ソルと一緒に大鷹（おおたか）さんの車に乗せられ、ともにある場所へと向かっていた。

そこは、今は使用していない元幼稚園の建物で、『平和の使徒』が所持する物件の一つだった。

現在そこには多くの子供たちが、ともに手を取り合って生活をしている。無論親代わりとしての大人も数人存在する。

いわゆる孤児院として利用しているのだ。世界がダンジョン化していく中で、親を殺され孤児になった子供を保護した大鷹さんたちは、この施設を作り運営することにしたらしい。

こうして『孤児院・平和の泉』が産声（うぶごえ）を上げることになったのである。

そしてその中には、今回グスタフから解放された子供たちの多くが住んでいる。

ほとんどが外国の子で、身元が分かっても今すぐ帰ることができない子や、すでに親を失っている子たちもいた。

日本の子は、その記憶を辿り親元へと返すことができたが、このように天涯孤独となった子も大勢いるのだ。

そんな子たちの生活と正しい教育の場を用意したのが『平和の使徒』である。彼らのコミュニティに身を置く大人たちも、子供たちの歩んできた背景を聞いて、是非力になってあげたいと申し出たのだ。

正気を失っていた子供たちも、俺の薬で元に戻って生活している。

《ヒールポーション》などの薬を提供したのが鳥本であることも伝え、こうして顔合わせもしていた。以前円条が、金で薬品などを購入している相手がいると言っていたので、すんなりと鳥本を紹介することもできたのである。

そして今、その孤児院では頼もしいボディーガードも雇われている。

それが――。

「ローちゃーん！　来ましたですよー！」

ソルが嬉しそうに駆け寄りながら声をかけたのは、庭先を箒で掃除していた一人の少女だった。

クロネコの時は、真っ黒い衣装だった彼女。しかし今は、その真逆で雪のように真っ白い装いをしている。ネコミミ帽子もまた白だ。

つまり不吉の象徴であるクロネコは、今や幸運を運ぶといわれるシロネコへと生まれ変わったということだ。

「……ソル！　嬉しいデス。来てくれたのデスネ」

抱き着いてきたソルを受け止め、彼女の頭を撫でるロージュ。一見すると以前の時のような無表情ではあるが、ジッと観察してみると、どこか表情が柔らかくなっているような気がする。

「ケンタローもようこそデス……ユーリはいないデスカ？」

キョロキョロと周囲を見回しながらロージュが尋ねてきた。

「悪いな、奴はいねえんだわ。俺たちもちょっと様子を見に来ただけですぐ帰るんだよ」

円条ユーリがいないことに肩を落とす。どうやらロージュは、命を救われた円条に懐いたようで、別れる時は一波乱あったのである。

俺はそのことを思い出して苦笑してしまう。

それはロージュに今後、どうするか尋ねた時のことだ。

彼女は思い悩んでいた。仇を討ったとはいえ、彼女の帰る場所はもう存在しない。いや、たとえあったとしても帰ることなどできないと言った。

ロージュの本名は――ロージュ・サーデンブルグ。実はロシアの名家のお嬢様で、いわゆる上流階級の子息だったのだ。

しかし両親はグスタフに殺されてしまった。一応祖父母は探せば生きているかもしれないが、今の情勢では捜索は難しい。

それに……だ。

『ワタシは……多くの人を殺したデス。もう……サーデンブルグを名乗る資格はありません』

故にもし祖父母が見つかっても、そこには帰らないと決心したのだ。

さらに彼女は言う。

『ワタシはユーリに救われたデス。だからこれからあなたのためだけにこの身を捧げたいと思うデス』

そんな爆弾発言をしたことで、周りの大人たちに睨まれてしまったが。

しかし当然俺はそれを断った。

『ならこの命……ここに在る意味がないデス』

生きる意味だった仇は討てた。それに家族はもういない。天涯孤独の名に相応しい自分。また罪もない命を奪ってきた業もある。

だからここで死んだ方が正しい選択かもしれないと彼女は言った。

俺はそんなふざけたことを言うロージュに対し、強烈なデコピンをお見舞いして、言ってやった。

『死ぬなんて逃げですよ』

『逃げ……』

『あなたが本当に罪を背負う覚悟があるなら、償いたいと思うのなら、辛くても苦しくても生きるべきです。生きて……生き続けていると、自分の生きる意味だって見つけられます』

『……生きる……意味？　でも……生き方なんて……分からないデス』

ポタポタ……と、彼女は涙を落とす。

それも無理からぬ話だろう。彼女は六歳からこれまでずっと暗殺者として生きてきた。これから普通に過ごせと言われても戸惑ってもおかしくはない。

『君は……幸せになりたかったのではないですか？』

『幸せ……！』

『だったら見つけようと努力するべきです。大丈夫、もし道に迷って不安になった時は叫べばいいんです。その時はきっと、ここにいるオッサンたちが助けてくれますから』

『『『俺たちがかよっ！』』』

などと『平和の使徒』からのツッコミもあった。

俺はロージュの頭を、ソルの頭を撫でるように優しく触れる。

『……ユーリは？』

『ん？』

『ワタシが困った時……ユーリも…………助けてくれるデスカ？』

泣きそうな顔で見上げてくる。その瞳は吸い込まれるような美しい碧を輝かせていた。

『ええ、君が本当に苦しい時は、微力ながらお手伝いさせてもらいますよ。ただし出世払いでね』

『おい、そこは無料で手伝ってやれよ……』

などと、今度は大鷹さんだけにツッコミを入れられた。

するとしばらく顔を俯(うつむ)かせていたロージュが、『……分かったデス』と顔を上げる。

『ワタシ、生きてみるデス！　そして今度こそ幸せを見つけるデス！』

その時、初めてロージュは子供らしい笑顔を見せた。全員がその表情を見てホッと息を吐いたのである。

こうして彼女は、『平和の使徒』のコミュニティに身を置くことになり、【平和の泉】に住む子供たちのボディーガードをすることになったのだ。

こんな感じで丸く収まってくれて良かった。さすがに子連れで仕事なんてできないし。

それと例のキャンプ場に埋められた子供たちの死体は、『平和の使徒』たちがちゃんとあるべき場所に埋葬したらしい。もちろん身元が分かった者は、親元へ返された。

これで、この街を騒がせていた事件は、完全に終結を迎えたのである。

「あ、ローちゃん、それ大切にしてくれてるんですね！」

ソルがあるものを目にして嬉々とした眼差(まなざ)しを見せる。それはロージュの首にかけられた栞(しおり)だ。ネックレスのように糸で繋(つな)がれていて、彼女は肌身離さず持ち歩いているという。

「これは……ワタシにとって幸せの象徴デスカラ」

ロージュが愛おしそうに四つ葉をなぞるように触れる。

それを見て、ソルや大鷹さんが微笑しそうに頰を緩めた。

「ロージュちゃ～ん！　ちょっとこっち来て手伝って～！」

園内にいる大人が、ロージュを呼ぶ。

「分かったデス～！　じゃあ皆さん、おさらばなのデス！」

ペコリと頭を下げると、スタタタタと走り去っていった。

きっと彼女は人生をやり直せるだろう。そのための環境としては、ここは十分だと思う。

それに今まで不幸だった分、願わくばロージュには本物の幸せを手にしてもらいたい。

その道の途中にどんな障害があっても、決して諦めない限り、未来は死ぬまで続くのだから。

「……頑張れよ」

誰にも聞こえない程度に呟いたつもりだったが、ソルだけには聞こえてたようで、俺の手をギュッと握って向日葵のような笑顔を見せてきた。

俺もまた笑顔を返し、「それじゃ帰るか」と踵を返す。だが不意にあることを思い出し、ちょうど良かったと思い、大鷹さんに尋ねることにする。

「そういえば大鷹さん、傭兵やってて良かったことの一つにお嫁さんと出会えたことって聞きましたけど」

「げっ、誰に聞いたんだよ！　ああいや、円条の奴だな！　アイツゥゥ……ッ！」

「そんなに恥ずかしい出会いだったんですか？」

「そ、そんなことねえよ！　ただその…………戦場で負った傷が深くて……倒れちまったことがあったんだよ。そん時に看病してくれた奴がいて……」

「なるほど、それが奥さんだったわけですね。もしかしてそれで一目惚れした、とか？」

「うっ……ああくそ悪いかよ！　そうだよチクショウッ！　円条の奴、今度会ったら拳骨くらわせちゃるからなぁ！」

ああ、大鷹さんがこの話を忘れるまで、当分円条として会わないようにしねえとな。

俺は照れ臭そうに車へと戻っていく大鷹さんの大きな背中を見つめる。

ふと、その背中を抱えて豪快に笑っている親父の姿が浮かび上がった。

……親父、あんたのやり残したこと、俺が代わりにしといてやったからな。

するとどこからともなく一陣の風が吹く。

――ありがとよ。

不意に親父の声が聞こえた気がしたので、思わず空を仰いだ。

「ご主人、どうかしたです？」

「……いいや、何でもないよ。さあ、帰ったらマッシュポテト作るか」

「ぷぅぅ～！　早く帰るのですよ、ご主人！」

俺は走るソルに手を引かれ、その場を後にしたのである。

あとがき

皆様、こんにちは。十本(とおもと)スイと申します。

嬉しいことに、【『ショップ』スキルさえあれば、ダンジョン化した世界でも楽勝だ ～迫害された少年の最強ざまぁライフ～】の第二巻を世に出すことができてホッとしています。

読者の方からも、ネットを通じて「面白い」や「続きが待ち遠しい」などという声を頂き、本当にありがたいと思っております。

さて、今回はＷＥＢにも掲載していない、完全書き下ろし版となっており、僕自身も書き上げて大満足の話になったかと思います。

特に今巻のヒロイン――クロネコは僕のお気に入りであり、恐らく読者の方々の中にもファンになってくださる方がいらっしゃるのではないでしょうか。それほどまでにクロネコには大きな魅力が詰まっています。

またイラストを担当してくださっている夜ノ(やの)みつき先生が描いたクロネコが素晴らしくて、この愛らしい絵で夢中になってしまうこと間違いありません。すでに僕と担当編集者Ｋさんは、その可愛らしさにノックアウトされています。

内容に関しても、主人公である日呂の新たな商売キャラも登場し、やはり第一巻に出てきた王坂のようなクズキャラと敵対し、事件をスカッと解決する流れとなっております。

そんな王道の流れの中に、ほんわかするようなソルとの和やかシーンなどの日常も盛り込んでおります。特に日呂がソルのことを大事にしている特別なシーンが描かれてありますので、是非堪能して頂けたらと思います。

今回もいろいろ暗躍する日呂ですが、ヒロインだけではなく、新たに出てくる民間人でありながら、過去に傭兵をしていた経験を活かし、ダンジョンを攻略するコミュニティを率いている男性――大鷹と出会いますが、彼は日呂とある繋がりを持っている人物なのです。

それは作中で描かれることになりますが、機会があればその繋がりに関する番外編なんかも書いてみたいですね。今回は深く掘り下げることはしませんでしたが、もしかしたら今後、本編でもっと深く語ることもあるかもしれませんので楽しみにしていてください。

また作中、少し鬱展開になるような話もありますが、その分、悪党どもをどん底に叩き落としたつもりですのでご容赦ください。

もし、あとがきから目を通した方のために、ここではあまり詳しくは語りません。

ただ一言だけ、お伝えしておこうかと思います。

とにかくクロネコが可愛い！　いいや、ソルとクロネコが可愛過ぎる！

二言になってしまったようですが、それだけを心に刻んで本編を楽しんで頂ければ幸いかと思います。

最後に謝辞(しゃじ)を述べさせて頂きます。

本作を出版するに当たって尽力して頂いた大勢の方たちには、心から感謝しております。

また夜ノみつき先生が描いてくださったキャラクターたちは、今回も素晴らしくて、特にクロネコに関しては、僕のイメージピッタリで言葉もありませんでした。ありがとうございます。

僕も、先生の絵に負けないような作品を心掛けようと、改めて考えさせられました。

そしてWEB版から支援してくださっているファンの方々や、実際に本を手に取ってくださった方々にも感謝しております。

あと一つだけ告知を。

現在コミカライズも進行中なので、是非とも楽しみにして頂けたら嬉しいです。

ではまた、皆様にお会いできることを祈っております。

そして皆様が素晴らしき本に巡り合えますように。

この作品の感想をお寄せください。

あて先　〒101-8050　東京都千代田区一ツ橋2-5-10
集英社　ダッシュエックス文庫編集部　気付
十本スイ先生　夜ノみつき先生

ダッシュエックス文庫

『ショップ』スキルさえあれば、ダンジョン化した世界でも楽勝だ2
～迫害された少年の最強ざまぁライフ～

十本スイ

2021年3月30日　第1刷発行

★定価はカバーに表示してあります

発行者　北畠輝幸
発行所　株式会社　集英社
〒101−8050　東京都千代田区一ツ橋2−5−10
03(3230)6229(編集)
03(3230)6393(販売／書店専用)　03(3230)6080(読者係)
印刷所　凸版印刷株式会社
編集協力　梶原　亨

ISBN978-4-08-631409-1 C0193

ダッシュエックス文庫

自重しない元勇者の強くて楽しいニューゲーム
新木 伸
イラスト／卵の黄身

自重しない元勇者の強くて楽しいニューゲーム2
新木 伸
イラスト／卵の黄身

自重しない元勇者の強くて楽しいニューゲーム3
新木 伸
イラスト／卵の黄身

自重しない元勇者の強くて楽しいニューゲーム4
新木 伸
イラスト／卵の黄身

かつて自分が救った平和な世界に転生し、レベル1から再出発！　賢者のメイド、奴隷少女、盗賊蜘蛛娘を従え自重しない冒険開始！

人生2周目を気ままに過ごす元勇者のオリオン。山賊を蹴散らし、旅先で出会った女の子を次々〝俺の女〟に…さらにはお姫様まで!?

突然現れた美女を俺の女に！　その正体は…。大賢者の里帰りに同行し、謎だらけの素性が明らかに!?　絶好調、元勇者の2周目旅!!

今度の舞台は海！　美人海賊に巨大生物、人魚に嵐…危険がいっぱいの航海でも、出会った女は全部俺のものにしていく！　第4弾。

ダッシュエックス文庫

自重しない元勇者の強くて楽しいニューゲーム5
新木 伸
イラスト／卵の黄身

自重しない元勇者の強くて楽しいニューゲーム6
新木 伸
イラスト／卵の黄身

剣神と魔帝の息子はダテじゃない
shiryu
イラスト／葉山えいし

剣神と魔帝の息子はダテじゃない2
shiryu
イラスト／葉山えいし

ついに「暗黒大陸」に辿り着いたオリオンたち。強さが別次元の魔物に仲間たちは苦戦を強いられ、おまけに元四天王まで復活して!?

トラブルの末に辿り着いた「巨人の国」で、女巨人戦士に興味と性欲が湧いたオリオン。強く美しい女戦士の長と会おうとするが!?

剣神と魔帝の息子は、圧倒的な剣の才能と驚異的な魔力の持ち主となった！ ギルドではSS級認定されて、超規格外の冒険の予感！

仲間になった美少女たちを鍛えまくって、目指すのは直接依頼のあった王国！ 国王の退位問題をSS級の冒険力でたちまち解決へ!!